あなたの番です 反撃編

シナリオブック

上

企画・原案
秋元 康
脚本
福原充則

飛鳥新社

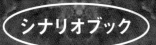

主な登場人物

キウンクエ蔵前

501室
佐野 豪(42)

502室
南 雅和(50)

502元住人
赤池美里(50)
吾朗(52)
幸子(78)

401室
木下あかね(38)

402室
榎本早苗(45)
正志(48)
総一(14)
サンダーソン正子(45)

403室
藤井淳史(43)

404室
江藤祐樹(23)

301室
尾野幹葉(25)

302室
手塚菜奈(49)
手塚翔太(34)

303室
空室

304室
二階堂 忍
(25)

304元住人
北川澄香(42)
そら(5)

201室
浮田啓輔(55)
柿沼 遼(21)
妹尾あいり(21)

202室
黒島沙和(21)

203室
シンイー(22)
クオン(21)
イクバル(45)

204室
西村 淳(38)

101室
久住 譲(45)

102室
児嶋佳世(42)
俊明(45)

103室
田宮淳一郎(58)
君子(55)

104室
石崎洋子(35)
健二(39)
文代(9)
一男(6)

管理人
床島比呂志
(60)
蓬田蓮太郎
(25)

所轄刑事
神谷将人
(26)
水城洋司
(48)

菜奈の夫
細川朝男
(45)

看護師
桜木るり
(25)

謎の男
内山達夫
(21)

※赤丸は交換殺人ゲーム参加者

手塚《てづか》菜奈《なな》(49)

原田知世

スポーツウェアなどの在宅デザイナー。ミステリー好きの読書家。交換殺人ゲームを止めるべく行動するが、何者かに殺され自宅の寝室で遺体となって発見される。

302室

手塚《てづか》翔太《しょうた》(34)

田中 圭

スポーツジムのトレーナー。ミステリーが好きで独特の嗅覚を持っている。突っ走るとまわりが見えなくなるタイプ。菜奈を殺され、犯人を突き止めるため動き出す。

101室

久住《くずみ》 譲《ゆずる》(45)

袴田吉彦

独身。エレベーターの管理会社に勤務。引いた紙の人物"細川朝男"の正体を知り、エレベーターから突き落とすが、落ちる際に足をつかまれ、共に落下。現在、意識不明。

児嶋《こじま》佳世《かよ》(42)

片岡礼子

夫・俊明との関係が冷え切った寂しさから、マンション内の子どもに異常に執着し、トラブルになる。ゴルフバッグの中から右足だけの遺体となって発見される。

102室

児嶋《こじま》俊明《としあき》(45)

坪倉由幸(我が家)

地図会社勤務。異常に子どもを欲しがる妻に愛想をつかし別居中。会社の部下と不倫している。佳世の遺体の第一発見者。

田宮《たみや》 淳一郎《じゅんいちろう》(58)

生瀬勝久

早期退職した元エリート銀行員。真面目すぎるが故に融通がきかず、部下にも過剰な指導をしてしまった結果、早期退職に。小劇団に入り、現在は演劇に夢中。

103室

田宮《たみや》君子《きみこ》(55)

長野里美

淳一郎の妻。不器用な夫を叱咤激励するしっかり者。

104室

石崎《いしざき》洋子《ようこ》(35)

三倉佳奈

主婦。2人の子供の母親。教育に熱心で常識人。ゲームでは殺したい人がいなかったため自分の名前を書く。自分の書いた紙を引いた人物がわからず恐怖に怯えている。

石崎《いしざき》健二《けんじ》(39)

林 泰文

区役所職員。堅実で真面目で計画的。

石崎《いしざき》文代《ふみよ》(9)

田村海優

小学3年生。しっかり者の優しいお姉さん。

石崎《いしざき》一男《かずお》(6)

大野琉功

いつも姉について行動する小学1年生。甘えん坊で自由。

201室

浮田《うきた》啓輔《けいすけ》(55)

田中要次

暴力団の下っ端構成員。筋を通すタイプ。自分の書いた紙"赤池美里"が殺され脅迫される。犯人に心当たりがあり、行動を起こすが、何者かに首を絞められ殺害される。

柿沼《かきぬま》 遼《りょう》(21)

中尾暢樹

浮田の子分。居候で、あいりの恋人。一見チャラいが、まっすぐでしっかり者。浮田殺しの犯人をあいりと一緒に探している。

妹尾《せのお》あいり(21)

大友花恋

メンズエステで働いている。居候。浮田の娘のような存在。柄は悪いが心優しい。浮田が殺され復讐に燃えている。

203室

シンイー(22)

金澤美穂

中国人留学生。近所のブータン料理店でバイトしていた。紙に書いた名前は、セクハラを受けていたバイト先の店長"タナカマサオ"。店長の死後、脅迫をされる。

202室

黒島《くろしま》沙和《さわ》(21)

西野七瀬

理系の女子大生。いつも体のどこかをケガしている大人しい性格。ある時を境にケガもなくなり口数が増える。交換殺人ゲームの推理にも積極的に参加する。

301室

尾《お》野《の》幹《みき》葉《は》(25)

奈緒

独身。有機野菜の宅配サービス会社に勤務。オーガニック大好き。なぜか翔太に強い執着心を持っており、待ち伏せ、プレゼントなどの攻撃を仕掛ける。

304室

二《に》階堂《かいどう》 忍《しのぶ》(25)

横浜流星

ドライで無愛想。黒島と同じ大学の院生でAIの研究をしている。頭脳明晰だがコミュニケーション能力が低く、極度の偏食。

401室

木下《きのした》あかね(38)

山田真歩

独身。マンションの清掃係。住民のゴミを漁り動きを観察しているが、その目的は不明。

403室

藤井《ふじい》淳史《あつし》(43)

片桐 仁

学生時代からの友人"山際祐太郎"を妬みゲームで名前を書いた。苛烈な脅迫を受け追い込まれていく。

204室

西村《にしむら》 淳《じゅん》(38)

和田聰宏

独身。小規模の外食チェーンを運営する会社の社長。

元304室住人

北川《きたがわ》澄《すみ》香《か》(42)

真飛 聖

シングルマザー。ラジオのパーソナリティ。多忙で息子を放置しがち。"児嶋佳世"の名前を書き、本当に殺されたことに罪悪感を抱く。そらを守るため引っ越していく。

北川そら(5)

田中レイ

保育園児。忙しい母親にかまってもらえず、1人で遊んでいる。

イクバル(45)

バルビー

バングラデシュ人。SE。

クオン(21)

井阪郁巳

ベトナム人。左官見習い。故郷に仕送りしているが、不法滞在。シンイーの恋人。

402室

榎本正志《えのもとまさし》(48)

阪田マサノブ

早苗の夫。警視庁すみだ署生活安全課の課長。出世競争まっただ中。息子の監禁容疑で逮捕、現在勾留中。妻の犯行を隠そうと刑事の神谷を利用している。

榎本早苗《えのもとさなえ》(45)

木村多江

専業主婦。住民会会長。やや押しに弱いが明るい性格で、菜奈と仲良くなる。息子・総一を守るため交換殺人ゲームで"山際祐太郎"を殺害。逮捕され現在勾留中。

榎本総一《えのもとそういち》(14)

荒木飛羽

早苗と正志の一人息子。部屋に監禁されていた。

榎本《えのもと》サンダーソン正子《まさこ》(45)

池津祥子

正志の妹で総一の叔母。総一を気づかい共に暮らす。

元502室住人

赤池美里《あかいけみさと》(50)

峯村リエ

周囲のイメージとは違い、姑の幸子とは仲が悪い。わがままな幸子の介護に疲れ果てている。自らの誕生日を祝おうとケーキを運んでいたところ、殺害される。

赤池幸子《あかいけさちこ》(78)

大方斐紗子

元々の地主。車椅子生活の介護老人。美里と吾朗が殺害された時は、頭からビニール袋をかぶせられパニック状態だった。現在は介護施設に入居している。

赤池吾朗《あかいけごろう》(52)

徳井 優

幸子の長男。商社勤務。美里と幸子の不仲を知りつつ、見て見ぬふりをする気の弱い夫。美里と共に首を切られ殺害される。

404室

江藤祐樹《えとうゆうき》(23)

小池亮介

独身。IT起業家でアプリを作っている。なぜか502号室の幸子と仲がいい。

501室

佐野 豪《さのごう》(42)

安藤政信

謎の男。常に外階段を使って大荷物を運んでいる。

細川朝男《ほそかわあさお》(45)

野間口 徹

菜奈が以前勤めていたデザイン会社の社長で、元夫。菜奈に別れてほしいと懇願されるが、一向に離婚届を出そうとしない。久住に襲われ、エレベーターで転落死する。

502室

南《みなみ》 雅和《まさかず》(50)

田中哲司

家賃が格安という理由で、502号室に引っ越してくる。事件のことを無神経に聞き回る不躾な行動によって、住民達から不信感を抱かれている。

床島比呂志《とこしまひろし》(60)

竹中直人

図々しく空気が読めない。菜奈と翔太が引っ越して来た当日、302号室の真下に転落し亡くなる。マンションの掲示板には"管理人さん"と書かれた紙が貼られていた。

蓬田蓮太郎《よもぎだれんたろう》(25)

前原 滉

派遣されてきた新管理人。仕事にやる気はないが、妙に馴れなれしい。木下に好意を抱いている。

神谷将人《かみやまさと》(26)

浅香航大

警視庁すみだ署の刑事。推理力、洞察力に優れているが、ドライで合理的。交換殺人ゲームのことを菜奈と翔太に相談されるが、正志に脅され一人で捜査。

水城洋司《みずきようじ》(48)

皆川猿時

警視庁すみだ署の刑事。刑事のくせに極度の怖がり。全く仕事ができないように見えてたまに鋭いことを言う。

内山達生《うちやまたつお》(21)

大内田悠平

黒島のことをいつも陰から見ているストーカー。

桜木《さくらぎ》るり(25)

筧 美和子

藤井が働く病院の整形外科の看護師。白衣の天使の可愛い見た目に反して、中身はドS。

あなたの番です 反撃編
上

目次

あなたの番です

第11話

#11

1　前回の振り返り

［回想 ＃1[※1] S[※2] 25］

※1　シャープ（以下＃）。ドラマの放送回数。「第1話」なら「＃1」　※2　シーン（以下S）

住人一同が紙に名前を書いたり、缶に入れた紙を引いたりしている。

菜奈（N）[※3]「〝誰だって1人くらいは殺したい人がいるでしょう〟、そんな言葉が始まりだった気がします。私達は、冗談半分で、殺したい人の名前を書いて、こっそり見せ合いました。…そして次々と」

※3　ナレーション（以下N）

×　×　×

［殺害シーンのフラッシュ］

落下して死んでいる床島。乾燥機の中の山際。

爆死するブータン料理屋の店長。死んだまま座っている美里。

殺される袴田吉彦。

菜奈（N）「名前を書かれた人が殺され…」

ゴルフバッグから佳世の足が突き出している。

×　×　×

［回想 ＃7 S33］

西尾「浮田？」

浮田が便器に顔を突っ込んだまま死んでいる。

×　×　×

〔回想　＃1　S25〕
菜奈（N）「私が名前を書いてしまったあの人も…」

×　×　×

〔回想　＃7　S45〕
久住「うわぁー！！」
久住、朝男の頭を工具箱で殴る。

×　×　×

〔回想　＃8　S2〕
朝男、失血で気を失い、倒れ死亡。

×　×　×

〔回想　＃8　S46〕
菜奈（N）「引いた紙に書いてあったあの人も…」
吐血しながらそのまま倒れる甲野。腹を刺されている。

×　×　×

〔回想　＃1　S27〕

夕暮れ時のベランダで2人。

菜奈(N)「そんな中でも愛する人との時間が私を支えてくれました」

× × ×

[回想 ♯9 S3]

警察署を出てきた翔太。菜奈を抱きしめる。

× × ×

[回想 ♯9 S40]

翔太が出かけるところだ。菜奈とキスをする。

× × ×

[回想 ♯9 S47]

早苗「だぁぁぁめぇぇぇぇ!」

翔太「あっ……! おお! あっ……」

早苗、アイスピックで翔太の腿《もも》を刺す。

× × ×

[回想 ♯10 S7]

黒島「たぶん、早苗さんのお子さんだと思います」

× × ×

［回想 ＃10 S38］

神谷「ちょっと！」

正志「俺が捕まったら、2年前のお前さんの件、洗いざらい話すからな」

× × ×

［回想 ＃10 S45］

早苗「あの時トランクに山際祐太郎、積んでたから…菜奈さんも共犯だ！」

ミキサーを持った早苗と菜奈がもみ合う。

× × ×

［回想 ＃10 S50］

総一「もうやめようよ！」

正志「総一！」

早苗「総ちゃん…！」

総一「あぁっ…！」

落ちる総一。受け止める翔太。

× × ×

［回想 ＃10 S54］

菜奈（N）「私はこの幸せな時間だけはいつまでも」

翔太、マンションのエントランスで黒島と会う。

×　×　×

［回想　＃10　S56］

菜奈（N）「いつまでも、いつま…」

翔太、そっと近づき、菜奈の隣に添い寝する。

翔太「（大声で）おはっよー！　菜奈ちゃーん！」

と言いながら、菜奈の肩を掴《つか》んで振り向かせる。

菜奈、穏やかな微笑みをたたえたまま、黙っている。

そしてハエが一匹、飛んできて、菜奈の顔に止まる。ハエが飛んでいき…、

翔太「菜奈ちゃーん！！！！！」

2　特別編の振り返り

×　×　×

［回想　＃特別編］

翔太（声）「菜奈ちゃーん！！！！！」

部屋の中、フラフラと歩く喪服姿の翔太。

翔太（声）「…いつまでも続くと信じていたものがなくなるなら」
茫然《ぼうぜん》自失となり、１人立ち止まる。

翔太（声）「それ以外のものなんて、いつでも消えてなくなってしまいそうで…」

×　×　×

【回想　＃特別編】

翔太「（思い溢《あふ》れ）会いたいよぉ……」
翔太、ダイニングテーブルに突っ伏し、肩を震わせる。

翔太（声）「なにも、する気がなくなりました」

×　×　×

［回想　＃特別編］

翔太が、真っ暗な部屋の中で、菜奈の書斎からかすかな光が漏れていることに気付く。

翔太「…？」
翔太、光に誘われるように、菜奈の書斎へ。

×　×　×

翔太が菜奈のＰＣを見ている。仕事別に几帳面にフォルダ分けされたアイコンが並ぶデスクトップ。翔太、日記アプリを見つけアプリを開く。

２０１８年６月23日をクリックする翔太。
画面には、菜奈のデザイン画と文章が書かれている。ＰＣ画面に映された文章。
【６月23日、雨。今日、変な子に会った】

翔太(N)「初めて会った日のことだ…」

×　　×　　×

[回想 ＃特別編]

「２０１８年６月23日」
昼下がりのカフェ。土曜日だが雨のせいか空いている店内で、菜奈は江戸川乱歩の「パノラマ島奇譚」を読んでいる。と、背後から声がかかる。

翔太(声)「あっパノラマ！」
菜奈、元気な声に驚き、振り向く。
翔太がニコニコ笑顔で菜奈の読む本を指差す。

翔太「これ、すごいんですよ！　犯人が最後、花火と一緒に打ち上げられて空中でバラバラになって死ぬんですよ！」

菜奈「言わないでください」

翔太「へ？」

菜奈「オチ、言わないでください。今読んでるのに！」

翔太　「(しゅんとして)すみません…。でも、大丈夫ですよ！　オチわかっててても面白いんで！」

翔太、菜奈との出会いを思い出し、泣き笑い。さらに日記を読み進める。

×　×　×

翔太　「…」

×　×　×

[回想 ♯特別編]

PCのメールを開く翔太。

【件名：キャンセルが出ましたのでご予約を承りました】

翔太、ためらいながらも、本文を開く。

翔太は本文を読みながら、涙が溢れてくる。

【手塚菜奈様

お世話になっております。キャンセル待ち頂いておりましたチャペルでの挙式ですが、本日、キャンセルが出ましたので、下記の通り承ります。

2019年10月19日(土)午後　Jo-iチャペル

新郎：手塚　翔太様

新婦：手塚　菜奈様】

翔太　「菜奈ちゃんの、ウェディングドレス姿…。見たかった…」
号泣する翔太。なんとか落ち着き、顔を上げる。
と、デスクトップの端に『翔太くんへ』というファイルを見つける。
翔太　「え…？」
翔太が開くと、突如、
【警告！】のウインドウがボボボボボボボボと無数に出てきて、画面を埋め尽くす。
翔太　「なんだよ、これ…」
と、動画サイトが立ち上がり、映像が再生される。

3　【動画】

どこかの部屋（病室）。恐怖に震える菜奈のアップ。じわじわとズームアウトしていく。菜奈の背後には、窓。撮影者が、楽し気に菜奈に話しかける。※声は加工
撮影者　「さあ、選んでください」
翔太　「菜奈ちゃん」
撮影者　「ゾウさんですか？　キリンさんですか？」
菜奈　「ん……キリン」

撮影者「そうですか」

撮影者の、含み笑いのようなものが聞こえる。

撮影者「最後なんだから笑ってください。ご主人に言いたいことあるでしょう?」

菜奈の視線が逸《そ》れる。

(実は傍らで寝ている翔太の方を見ているのだが、動画を見る限りではわからない)

撮影者「すみません、カメラ目線でお願いしま〜す」

菜奈、目に涙を浮かべながらも、笑顔を作る。

菜奈「翔太くん、私…」

そこで動画は切れた――。

4　キウンクエ蔵前・302号室・菜奈の書斎

翔太「あー!!　あぁ!!　あー!!　あぁー!!　あぁっ!!」

翔太、手当たり次第にあたりのものを殴り、蹴り、壊し、爆発する感情を周囲にぶつける。

翔太(N)「なにも、する気がない…?」

デスクに力いっぱい拳をぶつけ、目を上げる翔太。

　その表情は、いつもの笑顔からは想像できぬ、怒りに支配されていて——。
翔太　「前言撤回。…復讐する気、満々だよ」

　タイトル
　『あなたの番です–反撃編–』

5　とある路上（日替わり）

　引っ越し屋のトラックが路上に止まっている。
　バイトが2人、雇い主（二階堂忍・25）と会話をしている。
　二階堂の顔はまだ映らない。
バイト①　「…えっと、行き先のマンションですけど、これ、〝キウンクエ蔵前〟でお間違いないですか？」
二階堂　「…（顔は映らないがうなずいたようだ）」
バイト②　「これって、あのぉ…」

バイト①、軽く②をこづいて、

バイト①「ほら…。あっ、じゃあ先に出まーす。いいんだって…」

6　キウンクエ蔵前・前の路上

敷地との境、ギリギリまで報道陣が押し寄せている。

記者「先日、Dr.山際こと山際祐太郎さんの頭部がこちらのマンションの一室で発見されました。発見されたのはこちらのマンションに住む榎本早苗容疑者の…」

7　同・403号室・藤井の部屋・寝室

藤井が週刊誌を読んでいる。

ベッドの上には他に十数冊の週刊誌。

【ミキサー主婦　Dr.山際殺害・遺棄を完全黙秘!?　警察官夫も関与濃厚】の見出し。

藤井「〝ミキサー主婦〟こと榎本早苗容疑者は、Dr.山際の殺害・死体遺棄に関して、完全黙秘している」

藤井、週刊誌の記事を声に出して読む。

藤井「…でも結局、喋《しゃべ》っちゃうんだろうなぁ。で、俺を脅迫してたとか言っちゃうんだろうなぁ。で、あれもこれも調べられて…」

× × ×

[回想 ♯3 S41]

藤井が厨房で音を立ててしまった直後。
そーっと顔を上げるが、店長は全く気付かず、本格的に寝入っている。

藤井「…」

藤井、再び、包丁を握る。荒い息。
※以降、S41の続き
と、藤井、コンロ近くにタバコとライターが置いてあることに気付く。

藤井「…、…！（なにかを思いつく）」

あたりに視線を走らせ、ガス管を見つける。
藤井、どんどん息が荒くなっていくが、すっと憑《つ》きものが取れたように冷静になり、

藤井「手術するより簡単か…」

藤井、ガス管を切る。

× × ×

[回想 ♯3 S44、46]

店長、ライターで火を点けようとする。爆発音。
燃えるブータン料理店。

×　×　×

藤井「あれは…ギリ事故で押し通せるのかなぁ、いやでも、ギリアウトか。…証拠不十分でギリ。いや甘い甘いギリアウト…と思いきやギリ…。いやギリ…、あぁもう！んー！　うっうっうー…」

藤井、窓の外から報道陣のざわめきが聞こえ、外をうかがう。

藤井「落ち着け、俺…。こういう時こそ、得意のあれだ。…やけくそだ」

8　同・前の路上

藤井が報道陣に囲まれて質問に答えている。

藤井「榎本早苗さんとは何度も話したことあります。いや、普通の人でしたよ」
記者「山際さんとは学生時代に」
藤井「はい、ギワちゃんとは同級生で…(急に泣き出し)ゲームとか…、ＦＦがⅦ《セブン》の頃で…。一緒に冒険したなぁ…」

藤井、号泣し出す。

9　すみだ署・刑事部屋

藤井がインタビューに答えている姿がテレビのワイドショーに映し出されている。
画面端にテロップ【ミキサー主婦の自宅からDr.山際の頭部発見】、
水城がインタビューの映像を眺めている。

水城「あんまり騒ぎにしないでくれよぉ。こっちに飛び火するわぁ」
神谷、開いていた週刊誌を見せて、
神谷「もう遅いですよ」
水城「ん？（と覗き込む）」
水城、おもむろに週刊誌の記事を声に出して読み始める。
水城「ミキサー主婦は連続殺人犯⁉　今、話題のミキサー主婦のマンションで、なんと他にも殺人事件が起きていることが本誌の取材でわかった。ハァー」
神谷「さすがに一般人なんで、被害者Aとか Bとか、当たり障りないようにしか書かれていませんが…」
水城「（閉じて）いよいよ叩《たた》かれるぞ、警察はなにしてたんだって」
神谷「（テレビを見ながら）この医者なんですが…」
水城「ん？…あぁ、こいつも医者か」

神谷「この医者なら塩化カリウム製剤を手に入れるのも簡単ですよね?」
水城「塩化カリウムって、手塚菜奈の体内に残ってたヤツか」
神谷「そうです」
2人、改めてテレビの中の藤井を見る。
藤井「僕だって驚いてるんですよ。なんでよりによって榎本さんが、よりによってギワちゃんを…。なんでなんだよ…!」
× × ×
と、刑事①がやってきて、
刑事①「すいません、そろそろ…」
水城「はい」
× × ×
10 同・取調室
神谷と水城が正志の取り調べをしている。
水城「えっ、なんですか?」
正志「副署長はなんと言ってる?」

水城「榎本さんさ、懲戒免職寸前なのにそんなこと気にしてる場合じゃないでしょう！」
正志「事件については黙秘する」
水城「全部喋っちゃった方がいいと思いますよ？（神谷に）なぁ？」
神谷「え？　…あぁ、えぇ」
正志「（神谷に）…〝妻〟、に伝言をお願いします」
水城「ダメダメ、そんなの」
正志「俺はまだ〝お前〟に利用価値があると思っている。だから黙っている。安心しろ」
神谷「…」
水城「超怪しい伝言じゃん！　そんなの絶対伝えないからね？」
正志「（神谷を見たまま、水城に返事）あー、そうですか…。残念です」
神谷「…」

11　キウンクエ蔵前・302号室

翔太が散らかった部屋の中でダーツをしている。

ブルを取ったダーツの矢を抜き、テーブルの上に置くと、矢をグラインダーで削り出す。

翔太「…」
矢の先端はどんどん鋭くなり、まるで武器に…。と、インターホンが鳴る。

12　同・302号室前・廊下

神谷と水城、そしてサイバー班の刑事が数名、ドアの前で待っている。
水城「忙しい割に、全然進展しないよなぁ」
神谷「えぇ…」

×　×　×

［回想＃10 S38］
神谷「決断は早い方なんです」
と言って、いきなり黒島のみぞおちを殴る。
黒島「うっ！」

×　×　×

水城「ハァ…」
神谷、あの日、402号室にいたことが翔太にバレていないか、不安である。
と、翔太がドアを開ける。

水城　「すみだ署の水城です。ご連絡頂い…」
翔太　「遅い」
神谷　「…」
水城　「(翔太に気圧されつつ)すいません…。サイバー班の者を連れてきたので、例の…」
翔太　「(最後まで聞かずに)どうぞ」
水城　「はい…」
翔太、部屋の中に戻る際に、チラリと神谷を見る。
※交換殺人のことを聞こうと思っている。
神谷　「…」

13　同・302号室・菜奈の書斎

翔太　「あ…こっちです」
一同が部屋に入っていく。
神谷は最後尾で目立たないようについていくが、廊下の先のリビングの散らかりようが目に入る。
神谷　「…」

部屋の中に目を移すと、翔太が水城とサイバー班にＰＣを指さして、状況を説明している。

翔太「これが妻がいつも仕事で使っていたパソコンです」

サイバー班①「わかりました。では早速ログインの方をお願いします」

翔太「はい」

14 同・3階廊下

木下と蓬田が廊下の角から３０２号室を伺《うかが》っている。

木下「いないじゃん」

蓬田「もう部屋に入ったんだと思います」

木下「…」

蓬田「本当に刑事でしたよ？」

木下「いちいちご報告ありがとうございます」

蓬田「どういたしましてぇ」

と言いながら、木下の腕に抱きつく。

木下「な…なに？」

蓬田　「酔っ払った時の、あかねさんの真似。フフフ…」
木下　「…」
蓬田　「あっ、今日も（一杯飲むマイム）、行っちゃいます？」
木下　「…」
木下、返事をせずにエレベーターへ。
蓬田　「（追いかけて）あかねさーん。えっ、行っちゃう感じですか？　行かない感じですか？」
木下　「忙しいから」
と、エレベーターが開いて、引っ越し屋のバイト①、②が降りてくる。
バイト①「あっ、びっくりした…失礼しまーす」
バイト達、廊下の角などに養生をし始める。
蓬田　「あー、今日か、引っ越し」
木下　「何号室？」
蓬田　「304号室です」
木下　「ふーん…」
木下、引っ越し屋の後ろ姿を写メに撮る。

15　同・302号室・菜奈の書斎〜リビング

書斎で水城とサイバー班がＰＣを解析中。

水城「来た？　ん？」

サイバー班、厳しい顔つき。リビングでは翔太と神谷が会話している。

神谷「部屋の中の指紋は確認済みです。事件前後に出入りした宅配業者の身辺は引き続き確認中です」

翔太「死因って結局…？」

神谷「あぁ…、司法解剖の結果、殺害に使われた毒物は『塩化カリウム製剤』だということがわかりました。注射で体内に入れられた痕跡があり、心不全を起こしたことが、直接の死因です」

翔太「…」

神谷「あの…」

翔太「大好きな人を解剖される気持ちってわかりますか？」

神谷「…」

翔太「答えなくていいです」

神谷「…」

翔太　「答えて欲しいのは。あなたがあの時」

神谷　「…（監禁の際のことを言われるのかと身構える）」

翔太　「あの時…。交換殺人のことを他の刑事にも報告していたら、菜奈ちゃんは、死ななくて済んだんじゃないんですか？　…ということです」

神谷　「…」

翔太　「それも答えなくていいです。…で、さすがにもう報告したんですよね？」

神谷　「それは…」

翔太　「榎本さんのことがあったから黙ってたわけで、もう逮捕されたじゃないですか！」

神谷　「まだ取り調べ中ですから。あと少しだけ待っ…」

翔太、衝動的にダーツの矢をつかみ、的に向かって投げる。

見事に突き刺さる矢。

神谷　「…！」

翔太　「…待ちますよ、急いだって菜奈ちゃんが帰ってくるわけではないので。ただし、僕は僕で勝手に動きますからね」

神谷　「…わかりました」

と、水城が書斎からリビングへ来て、

水城　「すいません、終わりました」

水城　翔太と神谷、微妙な空気のまま書斎へ。
「えー、動画ですが、完全に削除されている上に、海外のサーバーをこういくつも経由して…」
翔太「つまり？」
水城「つまり、投稿者の特定には至りませんでした」
翔太「じゃあもう一度、お願いします。待ってますから」
翔太、リビングに戻ろうとする。
サイバー班①「あっ、でも…」
水城「(制して) いや…やり直しても結果は変わらないと思いますよ」
翔太「やってみなきゃわかんないじゃないですか!!」
翔太、思わず水城の胸ぐらをつかんで壁に押しつける。
水城「痛った…うっ…！」
神谷「ちょっと！」
神谷、慌てて引き剥《は》がす。
水城「あんた、刑事に暴力って…！」
翔太「刑事ならさっさと犯人捕まえろよ!!」
水城「気持ちはわかるけど、さすがに…」

と、水城、手錠に手をかける。神谷、そんな水城を片手で壁に押しつけ、

神谷　「ちょっと！」

水城　「うぅー。すーごい痛い！」

神谷　「大袈裟ですよ」

水城　「ちっ違うよ！　これ(手錠ホルダー脇のポケットからお守りを出し)、厄払いのお守り！　よかったら…(と翔太に差し出す)」

翔太　「(受け取らない)みんな頼りにならないっすね」

一同　「…」

翔太　「でも…。俺1人じゃどうしようもないんですよ！　みなさん、しっかりしてくださいよぉ…」

そう言いながら、翔太、声を殺して下を向いてしまう。泣いているようだ。

一同　「…」

16　同・3階廊下

神谷と水城とサイバー班の2人が部屋から出てくる。ドアを閉める水城。

水城　「やれることからやるしかないな」

神谷「ええ……」

一同の背後では、３０４号室がドアを開けっぱなしで引っ越しの最中。
玄関の中に、ＨＤＤやコードの束が並んでいる。
神谷と水城、振り返って、開いたドアの中にふと目をやる。
引っ越し屋のバイトと、借主らしき男（二階堂）の背中が見える。

バイト①「こちらの機械はどのように設置したらよろしいでしょうか⁉」
二階堂「あぁ、いいです。これは自分でやるんで」
バイト①「じゃあ、向こうからやろうか」
バイト②「はい」

二階堂が視線に気付いて、こちらを振り返ろうとした時には、一同は立ち去り、
結局顔はよく見えない。

17　同・前の路上（夕）

スーツ姿の健二が帰宅中。路上にはあいかわらず報道陣がいる。
と、敷地内から洋子、文代、一男が胴着姿で現れる。
洋子のかけ声に合わせて、ジョギング中である。

洋子「ファイ（ト）！」

文代・一男「おー！」

という掛け合いの繰り返し。

健二「ただいま…」

洋子、いったん立ち止まり、一礼し、通り過ぎていく。再び掛け声。

洋子「もっと声出して！　ファイ！」

文代・一男「おー！」

健二「ハァ…（うんざりした様子）」

記者「すいません。こちらの住民の方ですか？」

健二「あっ、いえ…。ちょっと…あっ、ごめんなさい！」

健二、マンションには入らずに反対方向へ逃げてゆく。

18　警察病院

久住が一般病棟に移されている。

いまだに意識不明である。

そんな久住を見守る、怪しい人影（実は妹尾）…。

19　キウンクエ蔵前・302号室・寝室（夜）

翔太がベッドの上で横になっている。

翔太「…」

×　×　×

菜奈「思いきって買ってよかったね」
翔太「うん」

［回想＃1 S6］

×　×　×

菜奈「ほっ！」
財布を投げる菜奈。幸せそうな放物線を描いて財布は見事、翔太の手に。

［回想＃1 S8］

翔太「取ったー！」
菜奈「わー、やったー！」
菜奈から『あんな風に年を取りたい』とメール。
投げキスをしあう、菜奈と翔太。

×　×　×

[回想＃2 S31]

菜奈　「結婚してよかった」

翔太　「えっ、なんで？」

菜奈　「みんなが鼻で笑うような部分を好きになっちゃったら、もう離れられないなーって。ウフフ…」

菜奈、自分で言っておいて、照れて笑う。

翔太　「くぅー！」

と言いながら菜奈を後ろから抱きしめる。

菜奈　「あー、ちょっと…。アハハ…」

×　　×　　×

[回想＃3 S7]

翔太　「もう抱きしめるくらいしかできることがなくてごめん」

菜奈　「大丈夫」

×　　×　　×

[回想＃3 S31]

翔太　「自分が愛されてるんだなって思いながら見ててください！」

菜奈　「おいで」

翔太　「んー！」
翔太、子犬のように駆け寄る。菜奈、笑って受け止め子犬にするようにキスをする。

×　　×　　×

［回想 ＃9 S39］
翔太　「へーイ！　ドーン！」
菜奈　「フフ…観念することにした」
翔太、まくらにしがみつく。

×　　×　　×

20　すみだ警察署・取調室（日替わり・休日）
早苗が黙って座っている。部屋の隅に制服警官。
早苗　「…」
と、神谷と水城が入ってきて、
水城　「はい、おはようさん」
水城、座って、
水城　「さて、今日はなにか喋ってくれるかな？」

早苗「…」

早苗はまるで水城に気付いていないかのよう。

21　キウンクエ蔵前・廊下〜3階廊下

やつれた表情の翔太がコンビニに行こうと部屋を出てくる。
と、301号室からも尾野が出てくる。

尾野「翔太さん、…大丈夫ですか？」
翔太「…」
尾野「ごめんなさい。大丈夫なわけないですよね」
翔太「…」
尾野「私が毎晩泣いてるくらいですから、翔太さんなんて、もっと…」
翔太「…」
尾野「(液体の入った小瓶を出して) これ、よかったら…」
翔太「なに？」
尾野「涙です。私の」
翔太「…」

尾野　「こんなに悲しんでいる人間がいるんだってことが、せめてもの、慰めになったらと思って…」

翔太　「…」

尾野　「(小瓶をバッグに戻し) じゃあ一緒に行きますか」

翔太　「どこに?」

尾野　「住民会に出るとこですよね?」

翔太　「知らなかった。コンビニに行くだけだよ」

尾野　「そっか…そうですよね。菜奈さんをあれした人がいるかもしれないのに出たくないですよね…」

翔太　「…。いや、行こう」

22　同・地下会議スペース

翔太と尾野が一緒に入ってくる。

尾野　「遅くなりました—」

中には、淳一郎、洋子、西村、木下、藤井、江藤がいる。

翔太、一同を順番に見つめる。「誰かが犯人なのかも」と思いながら…。

一同は翔太に、どう気を使っていいか迷っている様子。
が、それが怪しくも見える。特に淳一郎と藤井は翔太と目を合わせない。
洋子「あっ、時間なので、来てない方は欠席ということでいいんじゃないですか？」
藤井「じゃあ、始めますか」
洋子「はい」

23 公園

黒島が早足で帰宅中。
時間を気にしている様子から、住民会に出ようとしているようだ。
黒島「…？」
と、黒島、ベンチに総一が座っていることに気付く。

24 キウンクエ蔵前・地下会議スペース

住民会が進行中。
淳一郎「私ですか？」

洋子　「えぇ、まずは新しい会長を決めないと…」
淳一郎　「でも榎本さんの前も私だったんですよ？」
藤井　「もともとの順番では北川さんなんですけど、引っ越しちゃいましたからね」
淳一郎　「その次は」
藤井　「佐野さんですよ」

×　×　×

［インサート　どこだかわからない場所］
佐野が誰かと電話している。
佐野　「いや…それだと…僕まで捕まっちゃいますから。いや…話になりませんよ」

×　×　×

洋子　「一度も住民会に出席されたことないですし、あの方には無理じゃないですかねぇ」
一同　「（それぞれ同意のうなずき）」
西村　「あの、すいません」
一同、急に割って入った西村に注目。
西村　「もしあれでしたら、僕がやりましょうか？」
藤井・洋子　「え？」
西村　「実は、来年以降、事業の拡大を考えてまして、今のうちに、順番を消化しておきたいんですよ」

翔太　「…」

×　×　×

[回想＃5 S22]

西村、鍵をチャラチャラと回しながら去っていく。

×　×　×

[回想＃1 S40]

翔太、あの時の音が西村の鍵の音だと気付き、去って行った西村の方を見る。

西村　「…」

と、西村もなぜか向こうから翔太を見ていた。

×　×　×

洋子　「どうします…？」

藤井　「西村さんがそう言うなら…」

一同、困惑しつつも賛同の様子。

翔太　「…」

翔太、西村を警戒した目で見ている…。

25　公園

黒島と総一が会話している。

黒島「ふーん。じゃあ学校行き始めたんだ？」
総一「うん。まだ誰とも仲良くなれてないけど」
黒島「焦んなくていいよ。あっ、部活とか入れば、自然と友達できるんじゃない？」
総一「うん…」
黒島「じゃあ、まず私が友達になってあげる」
総一「え？」
黒島「なに？　嫌？」
総一「いや、そういうわけじゃないけど…」

そんな2人を見ている謎の視点…。

26　キウンクエ蔵前・地下会議スペース

西村が席を移動して、会長の席に座っている。

西村「では、挨拶代わりというわけではありませんが、私からひとつ提案があります」

一同　「……」
西村　「痛ましい事件が続きましたが、今後、事件のことは口にしないというのはいかがでしょうか？」
一同　「（やや困惑）」
翔太　「それ、なんの意味があるんですか？」
西村　「みなさんの心のケアと申しましょうか。いつまでも……」
翔太　「（ドンと机を叩いて）まだなにも解決してないのに！」
洋子　「怖い……」
淳一郎　「まぁ、冷静に話しましょう」
藤井　「そうそう、田宮さんじゃないんだから」
淳一郎　「（カチンと来て）挑発には乗りませんよ！」
洋子　「（大声で）大きな声、出さないで！」
藤井　「あんたが一番うるさいんだよ！」
木下　「（手で口元を押さえる。一瞬笑ったようにも見える）」
江藤　「えー、誰が一番、うるさいのか。これ、数値を出せばはっきりしますよね？　そこで、僕の会社で出してる騒音計のアプリなんですけど……」
一同が江藤の商魂に呆れた顔をし始めた時、ドアが開く。

一斉にドアの方を見ると、二階堂が立っていた。

二階堂「…」

二階堂、そのままドアを閉める。

藤井「誰⁉」

と、すぐに再びドアが開く。開けたのは、二階堂に隠れて見えなかった蓬田だ。

蓬田、尻込みする二階堂を部屋の中に押し込み、

蓬田「なんで戻って来ちゃったの？　えっ、なんで？　あー、どうも。新しい住人の方、連れてきました」

一同「…？」

蓬田「えーお名前は？」

二階堂「…」

蓬田「はい。えー二階堂忍さんといいます」

二階堂「(ぼそぼそと)…あっ、あの…」

蓬田「はい？」

二階堂「下の名前は…」

蓬田「えっ、なに？」

二階堂「下の名前は、気に入ってないので、内緒にして欲しいんですが」

蓬田　「（一同に）…だそうです。忘れる方向で。あー、では」

蓬田、さっさと出ていく。

二階堂「…（黙って立っている）」

西村　「とりあえず座りましょうか？」

二階堂「ここで大丈夫です」

一同　「…」

27　公園

黒島と総一の会話が続いている。

黒島　「一番怖かったやつは？」

総一　「怖いのはないかも」

黒島　「え？　あんなにＤＶＤあるのに⁉」

総一　「笑えるやつだったら、ある」

黒島　「笑えるの？　あっ、それ見たいかも…」

それをまだ見ている謎の視点。

黒島を見ているのか、総一を見ているのかわからない。

視点が徐々に2人に近づいていく。
2人の目の前まで近づき、黒島と総一が気付いて、こちらを見た。

正子　「総一くーん」

総一　「あっ、おばさん」

視点は買い物袋を持った総一の叔母、榎本サンダーソン正子（45）だった。

正子　「（怪訝《けげん》そうに）あのぉ、どういったお知り合いですか？」

黒島　「あ、えっと…」

総一　「友達だよ。（黒島に）叔母さん。お父さんの妹です」

黒島　「202の黒島です」

正子　「やだっ、ごめんなさい！　友達、大歓迎ぇ！　キュートだし（と犬でもなでるかのように。黒島の顎をなでる）ウフフフ…」

黒島　「（苦笑い）…？」

黒島、ふと視線に気付いて、あたりを見る。

正子　「どうしたの？」

黒島　「なんでもないです」

誰かが物陰にサッと隠れたが、黒島は気付かない。
2人を見ていたのは正子だけではないようだ…。

28　キウンクエ蔵前・地下会議スペース

二階堂が立ったまま、一同の会話が続いている。
翔太は、二階堂より、先ほどの西村の提案の方がまだ気になっている。

翔太「…」
洋子「私、この人の入居に反対します！」
淳一郎「あなたに反対する権利はありませんよ」
洋子「この状況で新しい住人を迎え入れる余裕はありませんよ」
藤井「ほら、会長さん、仕切って仕切って」
西村「はい。いや、でも…」
洋子「ここがどういうところかご存じですよね？」
二階堂「はい」
洋子「じゃあどうしてわざわざ？」
木下「あっ！　週刊誌の記者とか？」
二階堂「いや違います。ただの大学院生です。単純に学校が近いし、事件のことで家賃が格安になってたので」
江藤「怖くないんですか？　なんか幽霊出るかもとか」

二階堂　「…？」
淳一郎　「そんな質問…。大学院ではなにを学んでいるんですか？」
二階堂　「工学部で、主に人工知能…、ＡＩについて研究してます」
藤井　「幽霊とか信じてなさそうだね」
翔太　「もういいじゃないですか、それより事件のことを…」
洋子　「（遮るように、警戒して）ＡＩって…なんですか？」
翔太　「…」
二階堂　「えっと…」
江藤　「いろいろですよ。とにかく代わりにコンピューターが考えてくれるんです。ねっ？」
二階堂　「はい。あの、今はｗｅｂ上でリアルタイムに接客できるＡＩを作ってます」
洋子　「（まだ怪しんでる）な…なに？　どういうこと？」
二階堂　「えっと…相手の行動データからパターンを、その、学習してですね…」
洋子　「わかりません。（西村に）入居拒否の多数決をお願いします！」
江藤　「いやいや、すごいんですよ、ＡＩの行動パターン分析って。ＦＢＩが凶悪事件の犯人のプロファイリングにも使ってたりするんですから」
一同　「…」
二階堂　「あ…はい。日本でも、来年から警視庁で実証実験が始まるらしいです」

江藤「ほーら」

一同、『凶悪事件』『犯人』のワードに反応。

お互いの視線が牽制《けんせい》し合うように飛び交う。

翔太「…（菜奈ちゃんを殺した犯人もわかる？）」

翔太、真剣な目で二階堂を見る。

二階堂、一同の異様な空気に戸惑っていたが、翔太の視線に気付き、思わず見つめ返す。

二階堂「…？」

29 すみだ署・取調室（夕）

神谷と水城による、早苗の取り調べが続いている。

神谷「もう一度、聞きます。山際祐太郎を殺したのはあなた1人ですか？　夫の協力があったんですか？」

早苗「…」

神谷「死体遺棄については、現場の状況から、2人以上の作業と推測されています。間違いないですか？」

早苗　「…」
神谷、水城を見る。
水城、菜奈の写真を取り出し、
水城　「あなたがここに来てる間に、手塚さんの内縁の奥さんも殺害されたんですよ。あのマンションでなにが起きてるんですか？」
早苗　「…」
水城　「あー。（諦めて）息子さんの話を…」
早苗、ここまで蝋《ろう》人形のように固まっていたが、突如身を乗り出して、
早苗　「どうなりました!?」
神谷　「ご主人の妹の正子さんが面倒を見ています。あんまり環境が変わるのもよくないだろうと、正子さんの方が引っ越してきて、同居しています。元気ですよ、総一君は」
早苗　「よかった…」
水城　「で、山際の件だけどね…」
早苗、再び蝋人形になった。
早苗　「…」
水城　「ちょっと…」

30　キウンクエ蔵前・2階エレベーターホール～2階廊下

西村がエレベーターから降りてくる。
中には尾野、藤井、江藤が乗っている。

江藤「お疲れさまです、会長」

西村、苦笑いで会釈をしてドアが閉まる。
西村、自分の部屋へ向かうが、いったん通り過ぎた203号室に戻り、インターホンを押す。
中から出てきたのはシンイーだ。

シンイー「なんだ?」
西村「隣の西村ですけど」
シンイー「わかってらい」
西村「今、住民会をやってたんですけど」
シンイー「怖いから出ない」
西村「あぁ、それは別に…あっ。それより、ちょっとお願いがあって」
シンイー「ん?」

31　同・302号室・翔太の部屋（夜）

翔太が部屋に戻ってきている。
ダーツの矢で机をトントンと叩《たた》きながら、手書きのマンションの部屋表を見ている。

翔太「…」

×　×　×

[回想 #11 S15]

神谷「殺害に使われた毒物は『塩化カリウム製剤』だということがわかりました」

×　×　×

スマホには、塩化カリウム製剤の商品ページ。
【医療機関・研究機関向けで一般の方は購入できません】の文字。

×　×　×

[回想 #2 S13]

藤井、病院で診察をしている。

藤井「お大事に」

桜木「お大事に」

×　×　×

翔太、ダーツの矢で部屋表の【藤井】の名前をトントンとしだす。
藤井の名前に小さな穴がいくつも開いていく。

翔太「…」

× × ×

[回想♯7 S28]

尾野「こういう捨てられ方した時の私、怖いから」

× × ×

[回想♯9 S24]

菜奈の前で尾野が翔太に抱きつく。

尾野「(突然、菜奈の方を向き) なんか怖い顔してる」

翔太「…」

× × ×

翔太、今度は【尾野】の名前をトントンしだす。が、なにか結論が出るわけでもない。翔太、改めて部屋を見回す。菜奈と一緒に食事をしたテーブル…。

翔太「…」

× × ×

翔太、おもむろに立ち上がり、キッチンへ向かう。

冷蔵庫を開け、食材を眺める。

翔太(N)「…菜奈ちゃんが買ったものだから、ずっととっておきたいけど」

× × ×

[回想 ♯特別編]

翔太と菜奈が鍋を食べている。

翔太が口を開けているので、菜奈、食べさせる。

翔太(N)「腐らすくらいなら、全部食べよう」

× × ×

1分後。翔太がキッチンで人参を切っている。切った食材を鍋に放り込んでいく

翔太。今度はタマネギを切ろうと、包丁を持つが、ふとその包丁を見つめる…。

翔太(N)「…犯人を見つけたとして、迷わず復讐できるかな」

翔太「…」

× × ×

[回想 ♯11 S28]

二階堂「AIについて研究してます。来年から警視庁で実証実験が始まるらしいです」

× × ×

翔太「…」

32　同・304号室・二階堂の部屋（夜）

二階堂が栄養ゼリーを吸いながら、鋭い目つきでパソコンを打っている。
と、インターホンが鳴り、扉を開けると、鍋を持った翔太が立っている。
翔太、二階堂と仲良くなるべく、菜奈がいた頃の明るさを装っている。

翔太「うわっ！　やっぱりぃ！」
二階堂「…？」
翔太「そういう食事で済ませてると思ってましたよ」
二階堂「…」
翔太「いや、悪いわけじゃないんですけどね。栄養もバッチリですし…ただその顔色は3食それで済ませちゃってますよね？」
二階堂「今、忙しいので…」
翔太「忙しい時こそ、身体が資本。でしょ？　ということで、どうですか？　一緒に」
二階堂「…」

×　　×　　×

翔太と二階堂が食事している。が、二階堂は手をつけていない。

翔太「うん！　我ながら上出来だな、これ」

二階堂「…」

翔太「食べないの？」

二階堂「僕、他人（ひと）の手料理、あんまり得意じゃないので…」

翔太「あぁ…。じゃあ言ってくれればよかったのに」

二階堂「断るのも得意じゃないので」

翔太「…」

2人の間に妙な沈黙。

翔太「ごめんなさい、僕もあなたと一緒に食事がしたかったわけじゃないんです」

二階堂「…」

翔太「妻が殺されたんです。その犯人をプロファイリングして欲しいんです」

二階堂「あの…ごめんなさい。僕のＡＩは主に接客サービス…」

翔太「ここで起きていることは、ただの殺人事件じゃないんです。さっきの住民会でやったゲームが発端となって、いくつかの殺人事件が絡み合ってる可能性があるんです」

二階堂「ゲーム？」

翔太「交換殺人ゲーム。くじを引くように、殺したい人を交換したんです。それだけでも複雑なのに、ゲームとは関係なく殺されてる可能性もあって…」

二階堂「面白そうな話ですね」

翔太　「〝面白そう〟？」
二階堂、研究心に火が付くと人が変わるようで…
二階堂　「ＡＩはデータさえ入れれば、感情や思い込みに左右されることなく、客観的に答えを導き出してくれます。これは、事が複雑になればなるほど、人間よりもパフォーマンスを発揮するということです」
翔太　「…」
二階堂　「先輩に、世界中で起きた凶悪犯罪のデータから未解決事件の犯人像を予測するＡＩを作ってる人がいます。犯罪が起きた場所、時間、天気、被害者の性別や年齢、背格好、殺害方法などからＡＩが犯人像を絞り込むんですよ。その結果と、ゲームの参加者のプロフィールを比較すれば…。（ボソッと）やばい、興奮してきた…」
翔太　「（怒りを抑えて）面白いとか、興奮するだとかさ…」
二階堂　「（聞いてなかった）はい？」
翔太　「失礼だなとは思わないのかな」
二階堂　「…と言いますと？」
翔太　「…」
二階堂　「（察して）あっ…すいません。僕、本当に他人が作ったやつ、ダメで…」

翔太「鍋の話じゃない…」
二階堂「じゃあ…？」
翔太「いえ…お願いしてるのに、失礼なのは僕の方でした」
二階堂「…」
翔太「とにかく、協力してくれませんか？」
二階堂「いや、でも…」
翔太「今も、このマンションに、僕の大好きな人を殺したヤツがいるかもしれないんです！」
二階堂「…」

33　潰れたショーパブ（夜）

淳一郎「やっちまったよぉ…。本当は俺、やっちゃったんだよぉー！」

淳一郎、藤沢、東、柳本をはじめ、劇団の面々が稽古中。

淳一郎、柳本の胸倉をつかんで迫真の演技。

藤沢「ちょいちょいちょい…た…田宮さん！」

淳一郎「（スッと戻り）まだ演技中ですよ（すぐにまた切り替えて）この罪を償うためな

ら、いかなる罰も……！」

藤沢　「そんな台詞、ないんですが…」

淳一郎　「あなたはアドリブというものをご存じないんですか？」

藤沢　「知ってるけど、台本通りにやってください」

淳一郎　「表現者のはしくれとしてね、心の奥底の叫びを形にしたまでです」

藤沢　「あなたの役はただの居酒屋のアルバイトです」

淳一郎　「ただの、ではない。シフトリーダーです」

藤沢　「なんにしろ、そんなアドリブおかしいでしょ？」

淳一郎　「あぁ？　あっ…」

藤沢　「もうすぐ本番なんですよ？」

劇団員一同、しらけた様子。

藤沢　「じゃあわかりました。今の感情を心の奥に秘めたまま、台詞は台本通りでどうですか？」

淳一郎　「なるほど。裏設定というやつですね。やってみます。もとい！　やってみせます！」

藤沢　「じゃあもう一回…。よーい…スタート！」

柳本　「〝すいません、これ（瓶ビール）、もう一本〟」

淳一郎「（迫真の演技で）かしこまりました」
と言って、店の厨房に去る演技。

藤沢「（投げやりのお世辞で）できるじゃないですか。じゃあ次のシーンの準備」
劇団員、ガヤガヤと仮道具を置きかえていく。
淳一郎は壁の方を向いて、なにやらブツブツと台詞を繰り返している。

淳一郎「かしこまりました。かしこまり…。マイ、プレジャー。違う…かしこまりました」

34　キウンクエ蔵前・202号室・黒島の部屋（夜）

翔太と二階堂が、黒島の部屋に来ている。黒島は翔太から、推理ボードを見せるように言われたようだ。二階堂は渋々付いてきている様子。

黒島「まだ残してますけど…」
翔太と二階堂がボードを見る。

翔太「役に立つ？」

二階堂「ええ、まぁ…」
二階堂、ＰＣに情報を入力し出す。

黒島「こんなことしても、なんの意味もなかったって思って、全部消そうとも思ったんですけど」

翔太「黒島ちゃんのせいじゃないから…」

黒島「…」

二階堂「(表が見えず、黒島に)ちょっとどいてください」

黒島「あ…(事情がわからず、二階堂の態度に困惑する)」

翔太「あぁ…ちょっと…」

翔太、黒島をリビングに連れ出す。

× × ×

10分後。二階堂はまだ表から得た情報の入力をしている。

翔太と黒島、リビングにて、

翔太「それで、とにかく情報が多ければ多いほど、正確な結果が出るんだって」

黒島「統計学みたいなことなんですかね?」

向こうの部屋の二階堂に聞こえていたようだ。

二階堂「基本は統計ですけど、データの解釈の仕方自体をAIが自分で学習していくんです。そうすることで、同じ情報から人間では気付かない要素を見つけ出し、犯人を割り出します」

翔太「…だって」

黒島　「なるほど」
二階堂　「一応、入力は終わりましたけど…」
翔太　「じゃあ次、行こうか？」
二階堂　「え？　えっと…今、何時でしたっけ？」
翔太　「え…、あぁ…11時半だね。（黒島に）ありがとね」
黒島　「私もなにかあれば…」
翔太　「大丈夫。（二階堂に）行こう」
二階堂　「…」

35　同・104号室・洋子の部屋前

翔太と二階堂が洋子と話している。洋子は部屋でも胴着姿だ。

洋子　「なんですか…？　こんな時間に」
翔太　「あ…二階堂さんが引っ越しのご挨拶にと」
洋子　「さっき住民会でご挨拶したじゃないですか」
翔太　「そうなんですけど、もっと石崎さんの人となりを二階堂さんに知ってもらおうかなと…」

洋子、ドアを閉めてしまった。

翔太「あ、ちょっと…くそ…」

二階堂、ＰＣを開いて、

二階堂「まぁ、『〝この時間の来客を非常識に思う〟常識がある人』という情報と、『明日の天気予報を見て玄関に家族分の傘と長靴を用意する、計画性のあるタイプ』という情報は追加できます」

翔太「（感心して）おぉ…」

二階堂「…」

翔太「じゃあ次行こう」

二階堂、【手塚翔太、常識なし】とこっそり入力。

36　同・２０３号室・シンイーの部屋・玄関〜リビング

2人が、クオン、イクバルと話をしている。シンイーはリビングにいる。

クオン「シンイーはお前と話さない言っただろ?」

翔太「あ…ねえ、ちょっとだけさ二階堂さんと話してみてくれないかな?」

クオン「あ?　なんのために?」

イクバル「（二階堂のPCを覗き込んで）普通に流通してないソフトだな」
二階堂「お詳しいですね」
クオン「帰れよ！」
翔太「一生懸命、シンイーちゃんのことかばうよね」
クオン「はぁ？」
翔太「君はシンイーちゃんのこと好きなんだね」
クオン「…（苛立《いらだ》ちながらも照れる）」
イクバル「はい」
一同「…」
翔太「僕も大好きな人がいたけどもう一生会えないんだよ。せめて犯人を捕まえたい。
（PCを指さして）これはそのために必要なんだ」
シンイー、立ち上がってなにかを言いかける。が、
クオン「わけわかんねぇよ！　帰れ！」
翔太「ちょっと…！」
　2人、押し出されるように部屋の外へ。
　2人を見送るシンイー、なにか考えている様子。
シンイー「…」

37　同・203号室前～廊下

翔太「くそ…」
　二階堂、なにやら入力している。
二階堂「いや、でも最後、立ち上がってくれたので、大体の身長がわかりました。重要な情報です。あと、若い方の男性とお揃いの靴下を履いてましたね。人生における恋愛のプライオリティが高いタイプなんだと思います」
翔太「おぉ…」
　と、201号室から西村と妹尾と柿沼が出てくる。
西村「…」
翔太「あ…ちょっと今いいですか？」
西村「あぁ、すいません、今は」
　西村、妹尾、柿沼、そのままエレベーターの方へ。
翔太「ちょっと、あっ…」
妹尾「(二階堂について) 誰？　あれ？」
柿沼「誰でもいいだろ。俺だけ見てろ」
妹尾「やめて」

二階堂「あの人たちはゲームの参加者ですか？」
翔太「違うけど…」
二階堂「まずはゲームに参加した人だけの情報を集めましょう。段階的に検証した方が、結果の比較が容易ですから」
翔太「はい…」
とはいえ、翔太は西村と妹尾・柿沼が一緒に出かけるのが気になる…。

38 同・301号室・尾野の部屋前

2人がインターホンを押しているが出ない。

翔太「あれ？　住民会にはいたけどな…」

翔太、イライラして、何度もインターホンを押す。

二階堂、ふと表札を裏返す。

翔太「…!?」

裏には、不気味な目の絵が描いてあった（※尾野が描いたインディアンに伝わる魔除け）。

翔太「おっ…えっ？　なにこれ」

二階堂「絵がうまい…（と入力）」
翔太「…」

39　同・403号室・藤井の部屋・玄関

2人と藤井が会話している。

藤井「何回来るんだ？　ここで、何回話した？」
翔太「そんなこと言わないで、あの、ちょっとだけ…」
藤井「ハァ…夫婦揃って、しつこいな」

×　×　×

[回想 ＃10 S32]
藤井「ななな…何すか…！」
菜奈「藤井さんを誰が脅していたのか、手がかりが欲しいんです」

×　×　×

翔太「どういう意味ですか？」
藤井「帰ってくれよ」
翔太「菜奈ちゃんとなに話したんですか？」

藤井「なんだって、もう」

藤井、二階堂がスマホで玄関の絵を写真に撮っているのに気付き、

藤井「なんだ？　なにしてる？」

二階堂「データを集めてます、犯人の」

藤井「プロファイリングってやつか？　そんなの、本人の許可なくやっていいのか？」

二階堂「(【臆病で短気。猜疑心が強い】【異性に対する奇妙な執着？】と入力)」

藤井「(入力し出したのを見て焦り) 帰れ！　寝るんだよ！　ほらほら…」

翔太と二階堂、藤井に部屋から押し出される。

藤井「ハァ、ハァ…」

40　同・304号室・二階堂の部屋

翔太と二階堂が会話している。

二階堂「今日はこの辺でいいですか？」

翔太「それで犯人は？」

二階堂「いえいえ、これからデータをまとめて、そのデータから犯人を予測するＡＩを作ってって…、何日もかかりますよ」

翔太　「待って、黒島ちゃんもゲームに参加してるんだよ。なのにさっきは表を見せてもらっただけだった」
二階堂「じゃあまた明日…」
翔太　「(携帯を取り出し)あっ、黒島ちゃん? 今からさ304に来れる? うん、今から」
二階堂、時計を見る。すでに深夜1時を回っている。
二階堂「ハァ…」
翔太　「あ…ありがとう」

×　×　×

朝8時。ソファーで寝てしまっていた黒島が目を覚ます。
二階堂がまだパソコンに向かっていた。黒島、ゆっくり起き上がる。
黒島　「あれから、ずっと作業してたんですか?」
二階堂「(PCを見たまま)はい。あぁ、そこに置いといたんで、使ってください」
黒島　「え? (と見ると、ファブリーズ的なものが置いてある)」
二階堂「他人の匂い、苦手なんで、消臭お願いします」
黒島　「…」
黒島、少々ムッとしながらスプレーを手に取る。
黒島　「(スプレーをする前にふと)…翔太さんは?」

二階堂「部屋に戻ってます。朝食を作りに。食べられないって言ってるのに」

黒島「犯人、わかったんですか？」

二階堂、黙ってPCの画面を見せる。

【性別／？　信頼度？％】【年齢／？　信頼度？％】

【身長／？　信頼度？％】【知能／？　信頼度？％】

【経済レベル／？　信頼度？％】【好む色／？　信頼度？％】

黒島「えっと…つまり？」

二階堂「インターフェースを作っただけです。一晩じゃなにもできませんよ」

黒島「すいません」

黒島、再びスプレーをしようとするが、インターホンが鳴る。

黒島「（モニターを見て）…？」

モニターには朝食をのせたお盆を持つ翔太と、その隣にシンイーが映っている。

×　　×　　×

3分後。シンイーが、翔太と黒島と二階堂に話をしている。

シンイー「菜奈さんの事件があるまでは、たいしたことじゃないと思っていたのでありますが…」

翔太「なに？」

シンイー「新しい管理人さんが…」

×　×　×

［管理人室前］

蓬田があたりをキョロキョロしながら、そっと木下になにかを渡す。
それをシンイーがこっそり見ている。

蓬田「じゃあ、これ、30…の」

×　×　×

シンイー「…30（さんまる）までは聞こえたずら」
翔太「それって、いつの話？」
シンイー「菜奈さんが亡くなる前の話なのだ」
翔太、気持ちを落ち着けようと、朝食（目玉焼きを乗せたトースト）を手に取る。
翔太、宮崎アニメの主人公のように、パンの上の目玉焼きだけ、そばをすするように一息で吸い込む。鬼の形相である。
シンイー「お願いします。後はなにも知らないから、もう私達のことは調べないでくだせぇ」
翔太、部屋の外へと飛び出す。
黒島「翔太さん⁉」

41　同・401号室・木下の部屋前

翔太がインターホンを連打している。
脇に黒島と二階堂。木下は出てこない。

黒島「どうするつもりですか?」

翔太、返事をせずにまた走り出す。

42　同・管理人室前〜管理人室

2人が管理人室の前にやってくる。と、ちょうどスーツ姿の蓬田が出勤してくる。

翔太「おい!」

翔太、いきなり蓬田の胸ぐらをつかむ。

蓬田「…(息をできない)」

翔太「鍵を渡したろ?」

蓬田「えっ?」

黒島「翔太さん!」

翔太「俺の部屋の鍵、木下さんに渡したよな?」

蓬田　「あっ…あっ、いや、違います。それ、304のです」
二階堂　「僕の部屋？」
翔太　「本当は？（と腕を首に押し当てる）」
蓬田　「いや、だって、302は分譲でしょ？　スペアキーはあの…賃貸の部屋しか預かってないですから」
翔太　「…（腕の力をやや緩める）」
蓬田　「いーや…だって本当ですよ。確認します？　ねっ？」

× × ×

蓬田、キーボックスを開ける。中には賃貸の部屋だけスペアキーが。

蓬田　「ねっ？　嘘じゃなかったでしょ？」
二階堂　「でも、そもそもなんで304の鍵を？」
翔太　「…」
蓬田　「いや、それはあなたがくる前の話でしてね…」
翔太　「木下さんの部屋って401だよね？」
蓬田　「え？　はい」
と、翔太、いきなり401号室の鍵をつかんで走り出す。
蓬田　「えっ、ちょっと!?　ちょっと…！」

43　同・4階廊下〜401号室前

翔太が廊下を走ってくる。

401号室前につくと、迷わず鍵でドアを開け、中に入る。

二階堂、黒島、蓬田の3人、遅れてやってきて、部屋の中へ。

44　同・401号室・木下の部屋

木下の部屋に入っていく二階堂、黒島、蓬田。

蓬田「ちょっと、あんた、なにしてんの！」

が、先頭でリビングに入った翔太が固まっている。

二階堂、黒島、蓬田もリビングに入り…、唖然《あぜん》とする。

部屋中、壁中、殺人現場の写真や、新聞、雑誌の切り抜き、付箋《ふせん》が貼られた異様な室内。さらにテーブルには、人体解剖図、ナイフ等凶器の資料、殺人に関する書籍などが散らばっている。

一同「…」

蓬田「うわっ…。なんだ？　こりゃ…」

翔太　「え…？」
翔太、異様なオーラを放つ棚を恐る恐る開けると、部屋ごとに綺麗に区分けされたゴミが保管されている。驚いて後ずさりする一同。
蓬田　「あぁ、あぁ…！」
黒島がコンポにぶつかり、スイッチが入って突如流れ出す『ジュリアに傷心』。
翔太　「…！」
と、その時、扉が開いて木下が入ってくる。手にはコンビニ袋。
木下　「ちょっと!!」
棚を見られた事を悟り、一瞬、鬼のような形相になるが、すぐに普段の顔に戻る。
蓬田　「あかねさん！　これなんなの?!」
木下　「ちょっと早いなぁ」
翔太　「え？」
木下　「このタイミングで、私までたどり着いちゃいますか」
一同　「…？」
にやりと笑いながら、一同を見回す木下…。

【＃12に続く】

あなたの番です

第12話

#12

1　前回の振り返り

翔太（N）「引っ越し初日に、知らない間に行われていた交換殺人ゲーム」

×　×　×

［殺害シーンのフラッシュ］

落下して死んでいる床島。乾燥機の中の山際。

×　×　×

［回想　＃2　S40］

藤井「うわ！」

週刊誌の山際の記事。その上に赤いマジックで【あなたの番です】と殴り書きが。

×　×　×

［回想　＃11　S7］

藤井「手術するより簡単か…」

藤井、ガス管を切る。

×　×　×

［回想　＃3　S44、46］

田中政雄、タバコに火を点け、店が爆発。

[殺害シーンのフラッシュ]

死んだまま座っている美里。

バットで殴られ死亡した袴田吉彦。

ゴルフバッグから突き出した佳世の足。

便器に顔を突っ込んだまま死んでいる浮田。

失血で気を失い、死亡した朝男。

吐血しながら倒れた甲野。

× × ×

翔太(N)「調べていくうちに、ゲームとは関係ない殺人も起きているかもしれないと気付いた矢先…」

× × ×

[回想 #10 S56]

菜奈、穏やかな微笑みをたたえたまま、黙っている。

そしてハエが一匹、飛んできて、菜奈の顔に止まる。ハエが飛んでいき…、

翔太「菜奈ちゃーん!!!!」

× × ×

[回想 #特別編]

菜奈のＰＣを見ている翔太。

翔太(Ｎ)「それでも、悲しんでいる暇もなく…」

【**警告！**】のウインドウがボボボボボボと無数に出てきて、画面を埋め尽くす。

翔太「なんだよ、これ…」

と、動画サイトが立ち上がり、映像が再生される。

×　×　×

[動画]

恐怖に震える菜奈のアップ。

翔太「菜奈ちゃん」

撮影者が、楽し気に菜奈に話しかける。※声は加工

撮影者「最後なんだから笑ってください。ご主人に言いたいことあるでしょ？」

菜奈、目に涙を浮かべながらも、笑顔を作る。

菜奈「翔太君…。私…」

そこで動画は切れた――。

×　×　×

[回想 ♯11 S4]

翔太「あー‼」

デスクに力いっぱい拳をぶつけ、目を上げる翔太。

翔太（N）「僕には、しなければならないことができました」

× × ×

［回想 ＃11 S26、28］

蓬田「新しい住人の方、連れてきました」

二階堂「主に人工知能…ＡＩについて研究してます」

× × ×

［回想 ＃11 S32］

翔太「妻が殺されたんです。その犯人をプロファイリングして欲しいんです」

× × ×

［回想 ＃11 S42］

翔太「おい！」

翔太いきなり蓬田の胸ぐらをつかむ。

翔太「俺の部屋の鍵、木下さんに渡したよな？」

× × ×

［回想 ＃11 S40］

蓬田が、そっと木下に鍵を渡す。

［回想 ＃11 S42］

蓬田「それ304のです」

二階堂「僕の部屋？」

× × ×

［回想 ＃11 S42、43］

401号室前につくと、翔太、迷わず鍵でドアを開ける。

翔太「木下さんの部屋って401だよね？」

× × ×

［回想 ＃11 S44］

蓬田「なんだ？ こりゃ」

部屋中、壁中、殺人現場の写真や、新聞、雑誌の切り抜き、付箋が貼られた異様な室内。棚を開けると、部屋ごとに綺麗に区分けされたゴミが保管されている。

驚いて後ずさりする一同。

黒島がコンポにぶつかり、スイッチが入って突如流れ出す『ジュリアに傷心』。

翔太「……！」

と、その時、扉が開いて木下が入ってくる。手にはコンビニ袋。

木下「ちょっと早いなぁ」
翔太「え？」
木下「このタイミングで、私までたどり着いちゃいますか」
一同「…⁉」
にやりとわらう木下。

※以降、＃11 S44の続き。
蓬田「いや、だからどういうこと⁉」
木下「(一同に)どういうことか説明すべきなのは、私じゃないですよね？　犯人さん」
二階堂「…？(驚いて、翔太と黒島を見る)」
翔太・黒島「…？」
にやりと笑いながら、一同を見回す木下…。
翔太も黒島も、疑わしいところが全くない驚き方。
蓬田「なに？　なんなの、あかねさん⁉」
木下「蓬田」
蓬田「え？」
木下「うるさい」

2　キウンクエ蔵前・401号室・木下の部屋前（朝）

蓬田が1人だけ外に出されている。

蓬田　「（ドアに向かって）ちょっとぉ、仲間はずれとか、やめましょうよぉ」

3　同・401号室・木下の部屋・リビング

木下と、翔太・黒島・二階堂の会話が続いている。

木下　「…見てわかるように、こちらは全部、調べはついてるわけで」

翔太　「〝調べはついてる〟ってなんなんですか？　なんの目的で？」

木下　「真実の追究です」

翔太　「ゴミを漁ることが？」

木下　「人は、なにを語るかよりも、語らなかったなにかに本音が隠れているものです。だから、大事にしてるものよりも、捨てたゴミの中にこそ、その人の真実がある。私はいくつもゴミ袋を開けることで、あなたにたどり着きましたよ、犯人さん。さ、犯人さんは正直に手を上げてもらえます？」

と、黒島がゆっくり手を上げる。

黒島「…」
翔太「…え？」

タイトル
『あなたの番です－反撃編－』

4　キウンクエ蔵前・401号室・木下の部屋・リビング

黒島が手を上げ、一同が驚いている。

翔太「嘘でしょ…？」
黒島「あっ、いえ…、あれって（上げた手で、本棚を指さす）」
一同、つられて本棚を見る。
翔太「えっ？」
本棚には著者名が【アカネ木下】になっている本が複数冊。
【生ゴミ！　モテる女はこう捨てる！】

【運気のあがるゴミの捨て方】
【ゴミソムリエの資格を取ろう！】
【フランス人はゴミをすてない!?】
【コミュ力とゴミ力】【禅とゴミ】
【インスタ映え！　全国すごいゴミ処理場BEST 100！】
【部下にもてる！　おじさんのためのゴミダジャレ集】

翔太　「アカネ木下。ゴミばっかり…それって、全部木下さんの…？」

木下　「うーん…」

木下、携帯を取り出し、一枚写真を撮る。

一同　「…？」

翔太　「さっきから意味がわかんないんだけど」

木下　「〝調べは全部ついてる〟って言ったら、どんな反応するんだろうなと思って、わざと言ってみたんだけど。全然動揺しませんでしたね」

二階堂　「いや、普通に驚きましたけど」

木下　「いや、別にあなたは…」

翔太、近くにあった「202号室黒島」と書かれた瓶を手にとり、

翔太　「なんにせよ、こんなことしていいわけないよね」

木下「くだらない本もたくさん出しちゃったけど」
木下、【日本の黒いゴミ～昭和を揺るがした粗大ゴミ～】という本を掲げ、
木下「それでも一応、社会派ノンフィクション作家として、真相を暴くことは、使命だと思ってやってますけども」
翔太「…」
木下「せっかくなんで確認ね」
木下、チェッカーズのシングルCDを掲げ、
木下「これ、赤池さんの時の事情聴取で…」

×　×　×

[回想 ＃5 S2]
翔太が事情を聞かれているのを、木下が遠巻きに見ている。
木下(声)「〝オーマイ、なんとか〟って言ってたのを、なんとか聞き取ったんだけど」

×　×　×

木下「合ってました?」

×　×　×

[回想 ＃4 S46]
幸子「ジューリアアアアアア――――ッ!!」

× × ×

翔太「はい」
木下「おぉ…。（黒島に）こういう細長いCD、見たことある？」
黒島「（ムッとして）私達は…特に翔太さんは、身近な人を殺されて、とても悲しんでるんです」
翔太「…」
黒島「あなたは使命とか言って、結局は本のネタに…」
木下「ごめんなさい」
木下、素直に頭を下げる。
一同「…」
木下「そりゃ当事者が不快に思うのは当然です。でも、実際に起きた暗い事件から、なにか教訓を見つけ出して…」
翔太「（遮って）で…！　犯人の目星はついたんですか？」
木下「情けないけど、まったく」
翔太、やや気が抜けて、椅子に座る。
しかし、黒島はまだ疑っているようで、
黒島「304の鍵を借りたのも、犯人捜しですか？」

木下「あぁ、北川さん、引っ越しちゃったし。なんの手がかりもないと思ったんだけど、一応確認したくて…」
黒島「翔太さんの部屋にも入ったんじゃないですか？」
木下「（苦笑い）フッ…つまり私が、奥さんを殺したってこと？」
黒島「笑うことじゃないです！」
木下「〝人を疑う前に、その人のゴミ袋を１００、開けろ〟ゴミライター・木下の言葉です」
翔太「もういいよ…。黒島ちゃん。帰ろう」
二階堂「いや、よくないです」
翔太「…？」
二階堂「だって、この部屋は情報の宝庫ですよ。宝探ししましょう」
一同「…」

5　すみだ警察署・捜査本部

神谷と水城が捜査会議に出席している。
一同が報告書に添付されたバスタオルの写真を見ている。

副署長「これは榎本早苗の部屋にあったものか？」
刑事①「はい、このバスタオルから山際祐太郎のＤＮＡが発見されました」
ざわつく一同。
刑事課長「他にこのタオルから確認されたＤＮＡは？」
刑事①「それが、もう１人、確認されてるんですが、榎本一家の中では誰とも一致しませんでした」
水城「あっ？（資料をやたらめくりながら）あれ？」
神谷「どうしたんですか？」
水城「いや、ちょっと…」
刑事課長「神谷…神谷！」
神谷「あっ、はい」
刑事課長「説明」
神谷「あぁ…えー、この件に関しては私からは特に…」
副署長「違うよ、この３０２の、細川菜奈？　ん？　日比野？」
刑事②「便宜上、手塚で統一してます」
副署長「手塚菜奈の通話履歴の話だよ」
神谷「…？」

刑事②「手塚菜奈の携帯は未だに見つかってませんが、履歴の方は確認取れまして…、
　神谷さんと」
神谷「あぁ、相談を受けていたので」

×　×　×

[回想 ♯10 S24]
菜奈「夫が朝からいないんです」
神谷「例のゲームとの関係は」
神谷「内容は手塚翔太と朝から連絡がつかない…」
刑事課長「お前から先に報告すべき内容だぞ」
神谷「すいません」
　と、頭を下げる。

×　×　×

刑事課長「手塚菜奈の遺体発見時、死後どれくらい経ってたんだっけ？」
刑事①「死後29時間から31時間ですね」
刑事課長「一応、その間のアリバイ、証明しとけよ、バカ」
神谷「（頭を下げたまま）はい。すぐに」
水城「…（少し神谷に不信感を抱いている様子）」

刑事②「あの、すいません、報告は続きがありまして…」
副署長「なんだ？」
刑事②「最後の発信履歴がナースステーションだったんです」
水城「そりゃ旦那が入院中だったからなぁ」
刑事②「いえ、それが、別の病院のナースステーションでして」

× × ×

［インサート・東央大付属病院］
ナースステーションの前を横切るのは…藤井。

× × ×

一同「⁉」
水城「なにそれ、怖ぇ…」

6　キウンクエ蔵前・401号室・木下の部屋・玄関

段ボールを抱えた翔太と、黒島と二階堂が帰るところだ。
翔太「じゃあこれ、借りていくんで」
木下「ちゃんと返してくださいよ？」

翔太　「返すかどうかは約束できません」
二階堂　「元はあなたのものじゃないですし」
木下　「いや、そりゃそう…」
翔太、最後まで聞かず、足でドアを閉める。
翔太　「すいません」
一同　「…」
翔太　「あ…ごめん、ありがとう。学校でしょ？　あともう2人で」
黒島　「でも…」
翔太　「大丈夫」
黒島　「はい」

7　同・401号室・木下の部屋・リビング

木下、部屋に戻って、ため息をつく。
そして数冊の写真週刊誌を手に取り、
【続報&スクープ！　ミキサー主婦と警察官夫の異様な生活】
木下　「どいつもこいつも…私の事件だよ」

8　同・304号室・二階堂の部屋

部屋に戻った翔太と二階堂。

二階堂「僕も学校あるんですけどね」

翔太、テーブルの上に段ボールを置き、中のものを確認し出す。

二階堂、返事がないので、ソファーに寝転ぶ。

二階堂「寝てないし…」

二階堂、そのまま目を閉じるが…、すぐに起きてなにかを気にし出す。

翔太、まず藤井と尾野の瓶をドンと置き、それからジップロックに入った【石崎洋子】と書かれた紙を見ている。

ジップロックには【4月2日／集合ポストのゴミ箱】と書かれている。

×　×　×

［回想 ＃4 S18］

洋子「実は私あの時自分で自分の名前を書いたんです」

×　×　×

翔太「…」

次に、同じくジップロックの中に、2つに破かれて入っている【赤池幸子】の紙を見る。
破かれているが、字の確認は容易だ。
裏返すと【3月25日／201浮田のゴミ袋】と書かれている。

×　×　×

浮田「赤池幸子。俺が引いた紙に書いてあった名前だ」

×　×　×

[回想＃4 S18]

翔太「ねぇ、これ入力…」
と、翔太が振り返ると、二階堂がソファーの上で犬のような姿勢になっていた。
(※匂いを嗅いでいる)

翔太「なにしてんの？」

二階堂「あ…いや…」

翔太「これ入力して欲しいんだけど」
翔太、2つのジップロックを渡す。
二階堂、受け取り、PCに向かって入力作業をはじめる。

翔太「あと、これも(とジップロックを渡す)」
二階堂、袋の中にある写真を見る。

血のついたタオルの写真。
【5月11日／501佐野のゴミ袋】の文字。

二階堂「佐野って人は、ゲームに参加してませんけど」

翔太「一応、入れておいて」

二階堂「…」

二階堂、PCに向かって入力を続ける。
翔太、二階堂の様子を確認しつつ、段ボールからもう一つジップロックを取り出す。
中には香典袋。そして【5月3日／202黒島のゴミ袋】と書かれている。

翔太「…」

9　すみだ署・面会室（午後）

早苗が弁護士と面会している。

早苗「あなたは私を弁護する立場ではないんですか？」

弁護士「弁護するためにも、本当のことを話してください」

早苗「何年で出てこられますか？」

弁護士「死体損壊と遺棄で3年ほどになります」

早苗　「3年後は総ちゃんは17歳…」
弁護士　「ただ殺人まで犯しているとなると…」
早苗　「今、総ちゃんは？」
弁護士　「総一君への監禁罪は起訴されても…」
早苗　「違います！　今の生活状況です。正子さんはちゃんと面倒みてくれてます？」
弁護士　「大丈夫だと…」
早苗　「あなたがどう思うかは知りません。総ちゃんは、その、すごい繊細な時期なんで…」
弁護士　「思春期ですからね。それで山際の件で…」
早苗　「山際なんてどうでもいいんです!!　ハア、ハア、ハア…ハア、ハア…」
弁護士　「…」

10　同・建物前

総一が退屈そうに立っている。と、署内から正子が出てきて、
正子　「ごめんなさーい、待たせちゃったぁ」
総一　「いえ…」

正子「パパとママに差し入れ持ってっただけなのに、なぜか私が所持品検査を受けちゃってさぁ」

総一「見た目怪しいですもんね？」

正子「えー…、あやしいって、りっしんべんの方？　おんなへんの方？　おんなへんの方なら許すー！」

総一「…え？」

正子「お、わかんないか。学校行かないからぁ。馬鹿な会話をするにも知識は必要だぞ」

総一「仕方ないでしょ、監禁されてたんだから」

正子「おばさんも総一君になら監禁されたーい！」

総一「…」

正子「真顔になるなよ、中学生。ほっぺにキスするぞ」

総一「帰りましょう（と歩き出す）」

正子「（追いかけながら）おーい」

11　幸子の施設『つつじケアハウス』・庭

江藤が老人ホームのような場所で車椅子を押している。

車椅子に乗っているのは幸子だ。
幸子、手元にタブレット。
すれちがう人が、江藤に挨拶する。

職員「あら、今日は幸子さん、ご機嫌いいね」
江藤「はい。おかげさまで」
職員が立ち去ると、幸子が身振りで不満を伝える。

江藤「なぁに?」
江藤がタブレットを覗き込むと、動画アプリが固まってしまっている。
吾朗のアップになっている。

江藤「これが見たいんだねぇ? ちょっと待って…」
江藤がタブレットをいじると動画が再開。

江藤「はい、どうぞ」
去年の住民の忘年会の様子。
吾朗がカラオケで、『ポケベルが鳴らなくて』を情感たっぷりで歌っている。
映像を見て、幸子もはしゃぐ。

× × ×

［映像］

吾朗、歌い終わって、

一同　「イエーイ！」

吾朗　「ありがとうございます…！」

藤井　「いつから歌ってんの、この歌」

吾朗　「本年も大変お世話になりました。大好きな歌を歌わせていただきました。ありがとう…あれ、寝てるよ。え？」

床島が酔いつぶれている。と、『ジュリアに傷心』のイントロがかかる。

吾朗　「はい、これ、誰？　あっ、とられちゃいました！」

×　　×　　×

吾朗、美里の死体、そして黒い人影のフラッシュバック。

幸子　「オー！　マイ！　ジュリアーーーー！！！」

幸子、突然、タブレットを放り投げる。

江藤　「おばあちゃん！　おばあちゃん!!」

幸子、泣き出す。

地面に落ちているタブレットではまだ動画が流れ続けている。

そこでは、「ジュリアに傷心」をデュエットする床島と尾野の姿が映っている…。

12　キウンクエ蔵前・202号室・黒島の部屋（夕）

翔太と二階堂をリビングに迎え入れる黒島。

翔太　「ほら、推理のたびにさ、ここに来るのも悪いでしょ？」

黒島　「私は構いませんけど…、でも、お任せします」

翔太、ボードを見て、

翔太　「うん、じゃあ、やっぱり借りてく。（二階堂に）手、借りてもいい？」

二階堂、部屋の中の匂いを嗅いでいる。

翔太　「だからなんなの？　それ、どーやん？」

二階堂　「（我に返って）あぁ、いや。あの…その呼び方、やめてください」

翔太　「下の名前、嫌いなんでしょ？　じゃあ、どーやんだよ。ほら、お願い…借りてくね」

以降、ボードを運びながらの会話。

翔太　「気をつけてよ」

と、言われると同時に、二階堂、床にあった段ボールにボードのキャスターをぶつけてしまう。

黒島　「あっ…」

段ボールから転がる、アンモナイトの模型。

翔太「(ちょっとだけ不信感) なにこれ」

黒島「あぁ、えっと…」

二階堂「もしかしてフィボナッチ数列ですか?」

黒島「そうです！　すごい好きなんです！」

翔太「なにボッチ?」

二階堂・黒島「(同時に) フィボナッチ」

タイミングが合ったので、思わず笑ってしまう黒島と二階堂。

翔太「へぇ…なに?　それ」

黒島「えっとですね…」

黒島、ボードの隅にサラサラと、

「$a_1=a_2=1$　$a_{n+2}=a_{n+1}+a_n\ (n\geqq 1)$」と書き、

黒島「これです！　ずっと見てられますよね。この式」

二階堂「えぇまぁ」

翔太「…?」

二階堂「(翔太がポカンとしているので) あっ、図形で説明した方が…」

黒島「あっ、えっとまずフィボナッチ数列というのは、このアンモナイトの殻の構造のように…」

翔太「あっ、うん、うん…大丈夫だよ。理系同士で盛り上がっちゃって」

13 同・2階廊下

黒島が扉を押さえ、翔太と二階堂がホワイトボードを廊下に出す。

翔太「どーやんってさ、今までみんなになんて呼ばれてたの？」

二階堂「普通に二階堂です」

翔太「えー？　味気なっ」

と、ちょうどシンイーが出てくる。

シンイー「あっ…」

その奥に、イクバル②、③。

黒島「（イクバル②、③に気付いて）…？」

イクバル②、③、さっと部屋の奥に戻る。

翔太「あっ、今朝はありがとね。またなにかあったら教えて」

シンイー「いえいえおかまいなく」

シンイー、ボードの表をチラリと見つつ、一同が通りすぎると、部屋の中に戻る。

14　同・２０３号室・シンイーの部屋・リビング

シンイーがリビングに駆け込んでくる。

シンイー「やっぱり限界っちゃね！」
クオン　「どうしたの？」
シンイー「きゃつら、すっごい調べてた！　ばれるのも時間の問題じゃや！」
クオン　「なんの話だよ？」
シンイー「手塚さん達が、ホワイトボードにゲームのことばーって書いてて。私が赤池さんを殺したってなってた！」
イクバル「それは…」
妙に高まる緊張感。だが、
クオン　「外れてるな」
イクバル「うん」
シンイー「うん…外れてるけど…」
クオン　「じゃあいいだろ」
シンイー「でも…やっぱりあんなに調べられたら、クオンやみんなのビザのことはバレてしまうよー」

シンイー、奥の部屋に目をやる。
イクバル②、③が心配そうに話を聞いている。

15　同・2階エレベーター内

ボードを挟《はさ》んで、黒島・二階堂の2人と翔太が分かれる形で立っている。
翔太がボタンを押し、エレベーターが動き出す。

二階堂「…?」
二階堂、部屋の中で感じた匂いに気付く。
その匂いのもとを探して、鼻をクンクンさせている。

二階堂「…?」

16　同・302号室

ホワイトボードを運び終えた3人が、早速ボードを見ながら、情報を整理している。

翔太「田宮さん。菜奈ちゃん。それと石崎さんもだね」
翔太、ボードに赤ペンで丸印をつける。

黒島　「え…ほんとうですか？」

翔太　「ほら。（【石崎洋子】の紙の入ったジップロックを掲げ）石崎さんは嘘を言ってなかったってことになるよね。まあ、もちろん、誰かがわざわざ偽物を作って、それを捨てたって可能性もゼロとは言えないんだけど…」

黒島　「（【赤池幸子】のジップロックを手に取り）そして、浮田さんも嘘を言ってなかった…」

翔太　「あとは…あんなことがあった以上、これも確定なんだろうな」

翔太、ボードに書かれている山際祐太郎に赤ペンで丸印をつける。

二階堂、ＰＣに情報を入力している。

黒島　「こうして見ると、大きな進展はないですね」

翔太　「うん…。それとさ、木下さんはこんなものも拾ってるんだけど…」

翔太、香典袋のジップロックを取り出す。

黒島　「…」

翔太　「黒島ちゃんのゴミ袋から拾ったことになってるんだけど、心当たりあるかな？」

黒島　「えっと…」

翔太、急に復讐モードの厳しい表情になり、

翔太　「すぐ答えてもらえる？　間が空くと、嘘考えてるのかなって思っちゃう」

二階堂「…」
黒島「はい。付き合ってた人が、亡くなって…」
翔太「えっ？」
黒島「そのお葬式の時のです。多分、一度会ったことあると思うんですけど」

×　×　×

［回想＃1 S6］
翔太「コンビニってどこにあったっけ？」
菜奈「わかんない」
声「大通りに出て、右にいくと、100mぐらいでありますよ」
声がして振り返ると、黒島が、彼氏らしき男と2人で立っていた。

×　×　×

翔太「（思い出して）ああ…」
黒島「酔って、知らない人と喧嘩して、急に…」
翔太「ごめん、知らなかった」
黒島「いいんです。…あんまりいい人じゃなかったんで」
翔太「？」
黒島「あの人、見た目は普通なんですけど、普段から暴力がすごくて。私もよく殴られてて…」

［フラッシュ］
　＃1〜3の怪我をしている黒島。

×　×　×

黒島「だから喧嘩でっていうのもすごい納得しちゃって」
翔太・二階堂「…」
黒島「もちろん、死んじゃったことは悲しかったし、驚いたんですけど、彼氏から解放されたことを、その…少しホッとしている自分もいるというか…。まわりにも明るくなったって言われたし…」

×　×　×

［回想＃4 S18］
黒島「すごい大きな声でメンチカツって連呼してました」
浮田「今日はよく喋るな」
黒島「え？」

×　×　×

黒島「人が死んで明るくなるんて、ひどい話だと思うんですけど…」

翔太「俺の方がひどい人間だと思う」
黒島・二階堂「…?」
翔太「話聞いてもやっぱりまだ、黒島ちゃんのこと疑ってる」
黒島「えっ?」
翔太「そんなDVみたいな彼氏さんがいたんならさ、本当はその人の名前書いたんじゃないの?」
黒島「そんな…」
翔太「(ボードの【早川教授】を指さし) こんな人、本当にいるの?」
黒島「(スマホで大学のHPを出そうとしながら) いますよ、前も言ったと思うんですけど…」

× × ×

黒島「すっごい仲悪い教授で絶対留年させるとか言われてて…」

× × ×

[回想 ♯6 S24]
二階堂「絶対留年…?」
黒島「はい…えっ?」
二階堂「数学科の早川?」

黒島　「えっ、二階堂さん、（スマホの画面を見せ）国際理工大なんですか？」
二階堂「うん、ああ…今は院生だけど」
黒島　「わっ…、先輩じゃないですか！」
翔太　「…」
二階堂「あの教授はみんな、嫌いだって言ってますね」
黒島　「はい。あんまり陰口言いたくないんですけど」
二階堂「でも殺したい人って紙に名前書いちゃってますけど…」
黒島　「そうですね（と苦笑い）」
翔太　「あ…ごめんなさい！」
　翔太、頭を下げる。
翔太　「変な疑い方するの2度目だね。あぁ…ごめん…。黒島ちゃんにはさ、ホントいろいろ助けてもらってるのにさ、俺、ダメだな…」
黒島　「そんな…やめてください」
翔太　「ごめん」

17　川沿いの道（夜）

淳一郎が川沿いの道をジョギングをしている。
折り返し地点で、クールダウン。
と、劇団員の東が現れる。

東　「田宮さん！」
淳一郎　「あれ？　東さん？」

×　　×　　×

5分後。ベンチで淳一郎と東が会話をしている。

淳一郎　「え？」
東　「劇団では田宮さんの方が後輩ですけど、でも人生経験もあるし、頼りになるなって思っていて」
淳一郎　「…」
東　「頼りになるだけの人は他にもいますけど、どうしてこんなに田宮さんのことばかり気になるんだろうって考えてて。あっ、これは…恋なんだって」
淳一郎　「つまり、本番前の大事な時期に、君は僕に不倫を持ちかけていると？」

東　「そういうつもりは…迷惑だったら忘れてください」

淳一郎、怒ったように立ち上がって、

淳一郎「僕はね、妻としか付き合ったことがない男です。真面目一筋で生きてきて、だから…！」

東　「ほんとごめんなさい」

淳一郎「だから…君みたいな若い子に、そんなこと言われたら…。コロっと参ってしまうじゃないか！」

東　「えっ？」

淳一郎「（ガッと東の手を握り）あっ、いかん！（と手は離すが）なんだ？　なんか柔らかかったぞ！（とまた握るが）いけない！（と必死で手を離す）」

が、やはり握りたいのか、ジリジリと手を近づけていくが、もう片方の手で自分の手首をつかんで…

淳一郎「いかん！（と必死で押さえつける）」

東　「ごめんなさい！　私も、今、言うことじゃないと思ってたんですけど、少し前に田宮さんが…」

×　　　×　　　×

〔回想 ＃8 S40〕
淳一郎、藤沢に詰め寄り、

淳一郎「時間がないんですよ！」
藤沢「どういう意味ですか？」

×　×　×

東「もしかして、田宮さん、病気なのかなって思ったら、言わずにはいられなかったんです」
淳一郎「…（先ほどまでのアタフタぶりが、すっと収まる）」
東「田宮さん！　残りの人生、私と過ごしてください！」
淳一郎「…。…時間がないことは確かですが、病気ではありません」
東「…」
淳一郎「やり残したことがあるんです」
東「なんですか？　教えてください！」
淳一郎「清く正しく生きる。それが私のモットーです。ただ…正しく生きるためには、清いままではいられないこともあるんだなと、つくづく思う次第です」
東「…？」
淳一郎「すいません、質問の答えになっていませんね」

18　キウンクエ蔵前・1階廊下〜103号室前

淳一郎が廊下を歩いている。

淳一郎「…」

淳一郎、ドア前で鍵を取り出したまま、固まっている。

淳一郎「…せめて、正しかったということだけでも、確かめたい」

淳一郎、急にきびすを返し、エレベーターへ向かう。

19　同・1階エレベーターホール

淳一郎、エレベーターに乗り込み、ボタン（手元は映らない）を押しかけるが、やめる。

淳一郎「私は…。一体、なにをしてるんだ…」

20　西村の店『立ち食い給食3年C組』・店内（日替わり・休日）

シンイーが、西村の店で面接をしている。

シンイー「そんなにもらえるのか？」
西村「その代わりに土日も入ってもらえるかな？」
シンイー「うん、任せろだぜ。あ…賄いは出るのか？」
西村「メニューから選べるけど…おいしくないから」
シンイー「社長！　自分の仕事にプライド持てよ！」
西村「ここは味より、ノスタルジーを食べる店なの」
シンイー「ふーん。まっ、お金が必要なんで、それでも…」

店を見回すシンイー。
内装と壁に貼られたメニューから、給食を食べさせる店であることがわかる。
と、部屋のドアを開き、柿沼が給食当番の白衣姿で現れる。

柿沼「社長ー！　他に服ねえのかよ」
西村「時給はずむんだから、我慢してよ」
シンイー「（柿沼に気付いて）浮田さんの手下2号！」

柿沼　「あっ！」
シンイー「あ！」
　奥からさらにセーラー服姿の美少女が入ってくる。
妹尾　「（おしとやかに）あのぉ…、こういう格好はできれば遠慮したいんですが…」
西村　「似合ってるけどねえ。あっ、嫌なら柿沼君と同じでいいよ」
妹尾　「（いつものあいりに戻り）じゃあ最初から言えよ、コラ！」
シンイー「あ…1号も」
妹尾　「あぁ？」
シンイー「うわっ…」
西村　「店では丁寧な言葉を使ってって言ったでしょ？」
妹尾　「あぁ!?」
柿沼　「辛抱しろよ。時給、すげぇめっちゃいいみたいだし、なっ？」
妹尾　「（サッと切り替えて、おしとやかモードで）よろしくお願いします。社長」
西村　「うん、かわいいいね…フフ」
柿沼　「かわいい…」
シンイー「チッ…（舌打ちする）」

21　路上

妹尾、柿沼、シンイーが歩いている。

妹尾「あぁ！　むかつくわー！」
柿沼「まぁ、他にもいろいろ店やってるみたいだし、うまく利用してよぉ」
妹尾「なんか…気味悪りぃんだよ、あいつ（シンイーを見て）急に住人、雇いだしたりしてよぉ」
柿沼「浮田さんいなくなって仕事ねぇし、示談金も払わないとだし、浮田さんの仇とるよりも、まず生活を…」
妹尾「うるせぇ！…わかってんよ」
シンイー「なぁ、手下2号」
柿沼「いや、柿沼な！」
シンイー「カキ…？」
柿沼「ってか、なんで俺が2号なんだよ」
シンイー「うーん…」
妹尾「（笑って）まぁ、間違ってはないわな？　なぁ！」

柿沼「いや、間違ってんだろ！」
3人、ワイワイ言いながら歩いていく。

×　×　×

［インサート　3年C組　同時刻の西村］
西村が誰かと電話している。
西村「あぁ、そっちの店は8月いっぱいで業態変更するから。バカ…秋にはタピオカなんて誰も飲んでないよ。今が引き際だ。ハァ…」

22　キウンクエ蔵前・1階廊下

買い物帰りの洋子が、ドアを開けようとする。と、後ろでカチャリと音がして、102号室のドアがゆっくり開いていく…。

洋子、素早く、開いていくドアの死角に入り込み、102号室から男が出てきた瞬間、ドアを思いっきり蹴り上げ、男をドアで挟む。

洋子「とりゃあー」

俊明「痛った！」

出てきた男は俊明だった。

が、洋子は俊明だと認識する前に飛びかかる。

洋子「不審者、撃退！　とりゃっ！」

洋子、俊明のジャケットの片襟片袖をつかんで引き込みクローズドガードの体勢へ。

俊明「痛っ…。痛い痛い…」

洋子、有無を言わさず、下からの腕十字を極《き》める。

俊明「ちょっと…僕ですよ！　僕です！」

洋子「えっ？」

×　　×　　×

洋子が俊明に謝っている。

洋子「すいませんでした！　あっ…でもなになされてたんですか？」

俊明「なにって…ここ、私の家ですから」

洋子「…（どうかと思うほど怪訝な顔）」

俊明「初めて見ますよ、そんな石崎さんの顔。いろいろあったんで、ここを売りに出したんですけどなかなか買い手が付かないんですよね」

洋子「殺人マンションですからね」

俊明「で、泊めてもらってた家にも、いつまでもいれないですし」

洋子「愛人マンションを追い出されたと」

俊明　「とにかく今日からここに住みますから」

洋子　「断固拒否します！」

俊明　「は？」

洋子　「あなたは愛人と手を組んで、佳世さんをバラバラにした容疑がかかっています
から！」

俊明　「かかってませんよ。警察に聞いてください」

洋子　「私からの容疑です！」

俊明　「…」

23　同・104号室・洋子の部屋・リビング

洋子がリビングにやってくる。
健二が趣味のモズライト風のエレキギターを抱えて、練習をしている。

洋子　「旦那が帰ってきたよ」

健二　「旦那？」

洋子　「児嶋さんの！」

健二　「あぁ…」

洋子「またあの部屋に住むって」
健二「元気そうだった？　奥さんのことってもう…」
洋子「人のこと心配してないでさ、私のこと心配したらどう？」
健二「心配してるよー」
洋子「遊んでるじゃん！　デンデケデケデケ、うるさいよ！」
健二「…」
洋子「どうしてそんなに余裕なの？」
健二「余裕ないからこそ、こうやって気分転換をね…」
洋子「まさか…（大袈裟に後ずさって）あ…あなただったの!?」
健二「え？　なにが？」
洋子「全部…。あなたが仕組んだことだったの!?」
健二「ちょっ…なに言ってんの？」
洋子「近寄らないで！」
健二「…」

24　同・3階廊下・302号室前（夜）

翔太が両手で鍋を持って出てくる。
手が塞がっているので、鍵を閉めないまま、304号室のインターホンを顎で押す。

25　同・304号室・二階堂の部屋・リビング

翔太と二階堂が鍋を囲んでいる。

翔太　「いただきます。（ひと口食べて）うまっ」

二階堂　「（手をつけず）苦手だっていいましたよね？」

翔太　「うん。でもしっかり食べてもらわないと、もう君だけの身体じゃないんだから（と笑う）」

二階堂　「大丈夫ですよ」
と立ち上がり、キッチンの冷蔵庫からゼリーを取り出す。
翔太、追いかけて、ゼリーを取り上げる。

二階堂　「ちょっ……！」

翔太　「（笑顔が消え）俺、冗談抜きで毎日作ってくるから。菜奈ちゃん殺した奴を捕まえるまで、毎日」

二階堂　「…」

翔太　「嫌なら、早くＡＩを完成させて」

二階堂、返事をしないが、テーブルに戻り、鍋を食べ始める。

翔太　「ありがとう」

二階堂　「すいませんけど、まだまだ情報が足りないので、菜奈さんとのメールのやりとりとか、写真とか、全部見せてもらえますか？」

翔太　「うん…ちょっと待ってて」

翔太、部屋を出ていく。二階堂、翔太が去ると、ルーティーンのように消臭剤をひと噴き。そして、律儀に食べ始める。

二階堂　「…」

26　同・３０２号室・玄関〜菜奈の書斎

翔太が自分の部屋に戻ってくる。

と、玄関に見知らぬ靴がある。

翔太「…？」

慌てて駆け込むと、なぜか尾野が菜奈の書斎にいた。

翔太「なにしてんの!!」

尾野「部屋、片付けた方がいいですよ」

翔太「どうやって入ったの?!」

尾野「鍵開いてたんで。部屋の乱れは心の乱れにつながるって…（と言って、菜奈の私物に触る）」

翔太、私物を取り上げると、尾野の腕をつかんで、強引に部屋から引きずりだし、玄関に押しつける。

尾野「あっ、痛っ、えっ、えっ…！　痛い…」

翔太「疑われるようなことするな!!」

尾野「え…？」

翔太「もし、俺が君を犯人だと思ったとして、どうすると思う？」

尾野「…」

翔太「警察に突き出す前にベランダから突き落とす」

尾野「まさか…」

翔太「本気だよ。そもそも、誰が菜奈ちゃんを殺した犯人なのか、いちいち探ってられないと思い始めてる」

尾野「……」

翔太「マンションの住人、全員殺して、その中に犯人もいるだろうから、それで復讐完了だよ」

尾野「……」

翔太「そんなふうに思ってる自分が自分で怖いんだよ」

翔太、部屋から尾野を押し出す。

尾野「（半泣きで）……すいませんでした」

翔太、尾野の靴を外へ放り、最後まで聞かずにドアを閉める。

27　同・302号室前

尾野、ドアが閉まっても、しばらく頭を下げていたが、顔を上げた時にはもうケロッとしてる。

尾野「怖ーい」

尾野、ペロリと舌を出す。

その舌先にはボタンが。

※菜奈の書斎から取って来たボタン。
尾野、ボタンを手に取り、「怖い、怖い」とスキップしながら部屋へ戻っていく。

28 同・302号室・玄関〜菜奈の書斎

翔太が菜奈のPCにUSBメモリを差し、画像データを移そうとする。
画面に何枚も2人の思い出の写真が。

翔太「…」
翔太、作業をする手が止まる。

× × ×

[回想]
＃1からの菜奈との楽しい思い出がかけめぐる。

× × ×

翔太、静かに泣き出す。
書斎にかかっている菜奈のストールを手にする翔太…。

29　同・302号室前

二階堂が、帰ってこない翔太を心配して、インターホンを押す。
応答がないので、ドアをそっと開ける。

30　同・302号室・菜奈の書斎

二階堂「あの…鍋冷めちゃいますけど…」
二階堂、書斎を覗く。
翔太が菜奈のストールに顔をうずめて泣いていた。
二階堂「…」
翔太、二階堂に気付き、
翔太「見て。菜奈ちゃん、ぜんぶ、笑顔…」
二階堂「2人とも、ですよ」
翔太「…」

31　同・403号・藤井の部屋（夜）

藤井がキッチンでカップにコーヒーを注いでいる。
誰か来客が来ているようだ。

藤井「まぁ、あの辺の連中がいろいろ探ってるのは気付いてるよ。何度も部屋にきたしね」
藤井、コーヒーを持ってリビングへ。
ソファーに座っているのはシンイーとイクバル。
クオンが窓際に立って、カーテンの隙間から外を見ている。

藤井「で、何の用だよ」
クオン「そうか、あそこから下に降りたのか？」
と、窓の外に目をやる。

×　　×　　×

［回想　403号室ベランダ］
藤井が非常用ハシゴのハッチを開け、303号室。そして203号室に降りる。

藤井「3階はちょうど空き部屋だったし、なるべく怖がらせた方が効果的だと思ったからな」

藤井、203号室のプランターに包丁を刺す。

×　×　×

クオン「お前が勝手に店長をやったんだろ?」

藤井「え?」

クオン「なんで俺達巻き込んだんだ!」

藤井「あの時は…。共犯が多い方が、みんな、黙ってると思ったんだよ。今じゃ大事《おおごと》になりすぎて…。なんだよ、俺を責めに来たのか?」

イクバル「違います。謝りに来たんです」

藤井「えっ?」

イクバル「あなたの職場のパソコンをハッキングしました」

×　×　×

[回想 #5 S32]

藤井の職場のPCに【人殺し】の文字が…。

藤井「あぁ…!」

×　×　×

藤井「やっぱりあんただったのか!」

シンイー「藤井がしつこく脅迫してくるからだっちゃ」

クオン「俺が不法滞在なのに気付いて、また脅してきたんだな？」

×　×　×

［回想　203号室］

シンイー、クオン、イクバルとイクバル達が藤井からの脅迫状を見ている。

［出入国管理及び難民認定法］の概要をコピーした紙に、［あなたの番　or　強制送還！］と書かれている。

×　×　×

藤井「それ…待て待て…。こんなにベラベラ話す、メリットがないぞ」

シンイー「私はずっとクオンと一緒にいたいぜ」

イクバル「…（シンイーを見る）」

シンイー「イクバルともいたいぜ？　部屋にいるみんなと一緒にいたいぜ」

イクバル「あっ、そう」

シンイー「そのために藤井と協力して、このことを隠したい！」

藤井「でも、あんたらがなにを隠したいのか、まだ喋ってもらってないんだよ」

クオン「袴田吉彦を殺したっちゃ」

×　×　×

［回想　＃5　S50］

袴田、バットでなぐられ絶命…。

×　×　×

藤井「だと思ってたけど…」

シンイー「反省してる。やるんじゃなかった。せめてもの償いだと思って、袴田の映画は全部見たぞ」

藤井「全部？」

シンイー「〝二十歳の微熱〟、最高の映画だ。藤井も見ろ」

藤井「うん…見るよ。でもどうやって殺したんだよ？」

シンイー「イクバルが、袴田吉彦の事務所のパソコンをハッキングしたなり」

藤井「またハッキングか」

シンイー「それで、お仕事のスケジュール手に入れて。襲える場所ないかと探して。イクバル達はここしかないと…」

シンイー、袴田殺しの顛末を藤井に語り続ける。

32　同・501号室・佐野の部屋前

裸足の佐野が部屋から転がるように出てくる。

佐野「あっ、痛っ…」

と、続けて、靴を履いた女が現れ、

女「いい加減にして！」

佐野「シー！（静かにという身振り）」

女「おい、ハンサム。顔が良ければ、なんでも許されると思ってんのか！　あぁ⁉」

佐野「…」

女「あんなこと、絶対、手伝わないからな！」

女、去っていく。

佐野「…」

佐野、いつもの無表情に見えて、目が悲しみでうるんでいる。

33　スポーツジム（日替わり・朝）

翔太が久しぶりに出勤して、カウンターに向かって歩いている。その間、トレーニング中の会員から声がかかる。

ジム会員①「あれ？　手塚さん」

翔太「おはようございます」

ジム会員②「トレーナーさん、久しぶりですよね？」
翔太「えぇ、お休みしちゃってました」
　翔太、カウンターまで来て、受付担当に、
翔太「今日からまたよろしくお願いします」
受付担当「もう大丈夫なんですか？」
翔太「大丈夫では…ないです。でも大丈夫なふりはできます！」
受付担当「えっと、指名でパーソナルの依頼がきてるんですけど、どうします？」
翔太「やりますよ」
受付担当「あちらで待ってる方なんですけど」
　と、受付担当が指す先で、誰かが筋トレをしている。
　顔は映らないが、身体のラインが印象的…。
　翔太、近づいていって、
翔太「すいません、お待たせしました」
桜木「あっ、よろしくお願いします」
　と、言って、初めて顔が映ると、藤井の病院の看護師・桜木であった。
翔太「よろしくお願いします。手塚です」

34　キウンクエ蔵前・304号室・二階堂の部屋

二階堂が、翔太からもらったメールや写真のデータを整理している。
二階堂、写真データを、まとめて画像解析にかける。
ふと、時計を見て、
二階堂「おっと…」

35　国際理工大学・キャンパス内

二階堂が慌てた様子で登校してくる。
と、黒島とバッタリ遭遇する。
黒島「二階堂さん」
二階堂「あぁ…」
黒島「本当に先輩なんですね」
二階堂「あっ、うん」
黒島「今まで会わなかったのが不思議ですね。あっ、会っても誰かわかんなかっただけか」

二階堂「…」
黒島「(黙っているので)えっと…あれ?」
二階堂「ああ…ごめんなさい。ちょっと気になることがあって」
黒島「翔太さんのことですか?」
二階堂「いや…ちょっといい?」
二階堂、黒島の頭を両手で鷲《わし》づかみにして、頭の匂いを嗅ぐ。
黒島「(思わず振り払って)えっ、ちょっと…!」
二階堂「うーん…(と言いつつ、実は初めて受け入れられる他人の匂いに、感動している)」
黒島「なんですか?」
二階堂「あっ、ごめん、研究発表なんだ」
二階堂、何事もなかったように去っていく。
黒島「…」
唖然として、取り残される黒島。
そして、そんな黒島を物陰から見ている、謎の視点。
黒島が視線に気付き、物陰の方を見た。さっと隠れる何者か。
黒島「…」
黒島、やや怒ったような表情を見せ、その場を去る。

36　路上（夕）

黒島が大学から帰宅中。

ふと気付くと、前方で誰かがしゃがみ込んでいる。

黒島　「…？」

よく見ると、総一の背中だ。

黒島　「総一君？」

その声で総一、振り返る。

が、その手には、ぐったりとした猫を抱いている。

黒島　「…！」

総一　「あっ、沙和さん」

黒島　「猫？　それ…」

総一　「動かないんです…。病院知りませんか？」

黒島　「でも…もう死んじゃってるんじゃないかな…」

総一　「ハァ…（泣きそう）」

黒島　「泣かない泣かない。えっと…。うん、どっかに埋めてあげよう？　ねっ？」

総一　「はい」

黒島「行こう」
一緒に歩き出す2人。
総一のポケットからは針金が見えている。
が、黒島は気付かない。

37 キウンクエ蔵前・1階エントランス（夜）

翔太が帰宅してくると、エントランスで黒島と総一が正子に怒られている。

翔太「…？」
正子「ホントにもう。こんな時間まで、連れ回してダメダメ！」
黒島「本当にすいません」
総一「でも叔母さん…」
翔太「あれっ、総一君？」
総一「あぁ…」
翔太「施設にいるって聞いてたのに！」
総一「すいません」
黒島「知ってると思ってました。もう学校も行き始めてるって」

翔太　「いや…びっくりだよー！」
正子　「一緒に部屋にいた方ですよね？」
翔太　「あっ、はい」
正子　「ごめんなさいね、あんまり事件の関係者には会わせたくなくて、挨拶も行かせなかったの」
翔太　「はい」
黒島　「すいません」
正子　「あなたはいいのよ。かわいいから（と顎をなでる）」
翔太　「あっ、でもひとつだけ聞こうと思ってたことがあって」
正子　「えっ？　ダメよ。事件のことは」
翔太　「はい。3人で監禁されてる時さ…」
正子　「ダメって言ってるのに！」
翔太　「お父さんとお母さん以外に、もう1人誰かの声しなかったっけ？」
総一　「…」

×　　×　　×

［回想 ＃10 S38］
神谷　「決断は早い方なんです」

黒島　神谷、いきなり黒島のみぞおちを殴る。
　　　「うっ…！」
翔太　「(見えないが気配は感じて)…!?」
　　　神谷、部屋の隅で震えている総一に気付く。

×　　×　　×

総一　「ちょと…わかんないです」
翔太　「そっか」
正子　「もーういいから。はい、ここまで」
　　　正子、強引に総一を連れていく。
黒島　「確かに、3人目の人の声しましたよね」
翔太　「あっ…」
黒島　「私、警察にも話しました」
翔太　「…うん」
　　　と、翔太の携帯にメールの着信が。
翔太　「あっ、どーやん」
　　　二階堂からである。

38　同・4階廊下

総一と正子が歩いてきて、402に入ろうとする。

正子「今日のごはんはなんでしょかー。チッチッ、チッチッ、チッチッ、チッチッ、チッ…」

と、404号室のドアが開き、江藤が現れる。

江藤「どうも、ちょっとお話いいですか？」

総一・正子「…？」

39　すみだ警察署・捜査本部

神谷と水城と刑事①が捜査本部の一角で会話している。

水城、早苗の部屋の押収品の写真を並べて、

水城「ほら、やっぱり！」

刑事①「なにが、やっぱりなんですか？」

水城「これ、全部、榎本家のバスタオルな。なにか気付くことないか？」

神谷　「さぁ…」

水城　「どれもラクダ色だろ！」

神谷　「確かにベージュ色ですね」

刑事①　「本当だ、ベージュ色だ」

神谷　「ベージュ色がなにか？」

水城　「あぁ、ベージュ色とも言うね。で、これが山際のＤＮＡが見つかったバスタオル（と写真を置く）」

刑事①　「紫か」

水城　「このタオル、榎本の家のタオルじゃないんじゃないか？」

神谷　「なるほど」

水城　「そこを掘り下げていくと、もう１人のＤＮＡが誰のものかわかるんじゃ…」

と、刑事②が駆け込んでくる。

刑事②　「ちょっと騒がしくなりそうな話が来ましたよ」

刑事①　「なに？」

刑事②　「ウチには関係ないでしょうけど、袴田吉彦の件で、容疑者が絞られて、全国指名手配です」

と、捜査資料を机の上に置く。

水城「おぉ…」

一同、資料を覗き込む。

水城「大人しそうな顔してるけどなぁ」

資料に載っている顔写真はまだ映らない…。

40　キウンクエ蔵前・304号室・二階堂の部屋

二階堂が、翔太にAIの結果を見せている。

【性別／?　信頼度?%】【年齢／?　信頼度?%】

【身長／155~180　信頼度90%】【学歴／中学生以上　信頼度90%】

【経済レベル／?　信頼度?%】【好む色／?　信頼度?%】

【同一犯の犯行／信頼度25%】

翔太「どういうこと?」

二階堂「例えば、日本人のほとんどがこの身長の中に入るわけで、つまり、まだなにもわからない、ということです」

翔太「じゃあなんでこれ、見せたの?」

二階堂「なんとなく。AIに過度の期待をされているようだったので、今の情報量でできる限界をお伝えしておいた方がいいかと」
翔太「この、【同一犯の犯行】っていうのは？」
二階堂「菜奈さんの殺害と、このマンションで起きた他の殺害事件の犯人が同じである確率です。でも、これも情報が少なすぎてなんとも…」
翔太「…」
翔太「ねぇ、尾野さんと藤井さんの情報って役に立った？」

×　×　×

［回想 ＃9 S24］
尾野「なんか怖い顔してる」

×　×　×

［回想 ＃11 S15］
神谷「殺害に使われた毒物は『塩化カリウム製剤』だということがわかりました」

×　×　×

［回想 ＃2 S40］
診察時の藤井。
二階堂（声）「まぁどうでしょう…」

×　×　×

二階堂「特に藤井さんの方はちょっと…」
翔太「なに？」
二階堂「死因が塩化カリウムじゃないですか。サンプルになるデータが少ない今の段階でＡＩに分析させると、犯人は藤井って出ちゃうんです」
翔太「俺も藤井さんが怪しいと思ってたよ。医者なら簡単に手に入る薬品らしいからね」
二階堂「そういう安易な推測を避けるためのＡＩですから」
翔太「…」

41　同・３０４号室・二階堂の部屋前

翔太が部屋から出てくる。
翔太「ありがとう、また明日」
二階堂「はい（翔太の様子が変だと気付いている）」
翔太「おやすみ」
二階堂、ドアを閉める。
翔太「１人ずつ、潰していくしかないよね。菜奈ちゃん」
翔太、なぜか自分の部屋には戻らず、エレベーターへ向かう。

42　同・403号室・藤井の部屋前（藤井の部屋）

藤井がドアを開けると、翔太が立っている。

藤井「あんたさ、おかしいよ？　毎日毎日」

翔太、返事をせずに部屋の中へ。

藤井「えっ、ちょっと…おい！　あっ！　なにすんだよ！　ちょっと…」

43　同・403号室・藤井の部屋・玄関〜リビング

翔太、リビングの棚やらなにやらを開け出す。

藤井「なにやってんだよ！」

翔太「証拠品捜しです」

翔太、話しながらも、どんどん部屋の中を探っていく。

藤井「不法侵入だぞ！」

翔太「ですね。じゃあ警察呼んでください」

藤井「おぉ…呼ぶぞ（と携帯を出すが、かけない）。呼ぶからな、呼んだらすぐ来る

翔太　ぞ！　大変だぞ！」
藤井「で、俺がこの人が菜奈ちゃんを殺しましたと言います。警察は一応、調べるでしょうね、この部屋を。大丈夫ですか?」
翔太「なにが?」
藤井「調べられても本当に大丈夫ですか?」
翔太「だいじょうぶだもん」
藤井「嘘つくと、語尾がかわいくなるんですね」
翔太、やっぱり怪しいと、奥の部屋へ。
藤井「あ…ちょっと、おい！　やめろ！　やめろ…！　ちょっと…あっ、あぁー…」
ドアを開けると、床にはトランクに詰めかけの大量の医薬品や医療品。
翔太「…あれ?」
藤井「あー、もう知らないよぉ?」

44　繁華街／403号室・藤井の部屋・リビング

黒島が誰かと待ち合わせしている様子。
と、目の前の街頭ヴィジョンにニュース映像が流れる。

［ヴィジョン映像］

アナウンサー「ただ今、入ってきたニュースです。今年5月、栃木県の山中で俳優の袴田吉彦さんが殺害された事件で、つい先ほど容疑者の写真を公開しました」

イクバル②と③の顔写真が映る。

× × ×

［藤井の部屋 ＃43の続き］

翔太、医薬品を物色している。

戸の死角から、イクバル②と③。

× × ×

アナウンサー「指名手配されているのはイラン国籍のアリ・モハラミ容疑者とアメリカ国籍の…」

黒島、映像を見てなにかに気付く。

× × ×

イクバル②と③が、翔太の背後から襲いかかり、羽交い締めにして頭に麻袋をかぶせ、外へ連れ出そうとする。

× × ×

黒島　　黒島、慌てて翔太に電話をかける。
「(留守電) 黒島です！　翔太さん、今、テレビ見れますか？　これ聞いたらすぐ折り返してください」
藤井　「ねぇ、ちょっと、やめて…やだよぉ！　どんどん大事になるよぉ」
イクバル②「(ペルシャ語で) お前、うるさいな」
藤井　「なに言ってっか、わかんねぇーし！」
翔太　「(麻袋の中から) あぉぉぉぉーーーー！」

【#13へ続く】

あなたの番です

第13話

#13

1　前回の振り返り

翔太(N)「引っ越し初日に、知らない間に行われていた交換殺人ゲーム」

×　×　×

[殺害シーンのフラッシュ]

落下して死んでいる床島。乾燥機の中の山際。

×　×　×

[回想 ♯2 S40]

藤井「うわ！」

週刊誌の山際の記事。その上に赤いマジックで【あなたの番です】と殴り書きが。

×　×　×

[回想 ♯11 S7]

藤井「手術するより簡単か…」

藤井、ガス管を切る。

×　×　×

[回想 ♯3 S44、46]

田中政雄、タバコに火を点け、店が爆発。

［回想 ＃3 S49］

翔太(N)「誰かが死ぬたび、脅迫をしたり、されたりが繰り返され…」

植木鉢の土に包丁が刺さっている。

シンイー、包丁を引き抜くと、【あなたの番です】と書かれていた…。

× × ×

［回想 ＃4 S46］

赤池夫妻が殺されているのを見つける翔太。

翔太(N)「また事件が起こり…」

翔太「赤池さん⁉」

翔太「おばあちゃん‼」

幸子「ジューリアァァァァァ──ッ」

× × ×

［回想 ＃5 S50］

袴田、立ちションをしている。

茂みから、覆面をして黒ずくめの金属バットを持った3人組（イクバル達）が現れる。袴田、絶命。

翔太（N）「調べていくうちに、ゲームとは関係ない殺人も起きているかもしれないと気付いた矢先…」

［殺害シーンのフラッシュ］

ゴルフバッグから突き出した佳世の足。

便器に顔を突っ込んだまま死んでいる浮田。

失血で気を失い、死亡した朝男。

吐血しながら倒れた甲野。

× × ×

［回想 ＃10 S56］

菜奈、穏やかな微笑みをたたえたまま、黙っている。

翔太「菜奈ちゃーん！！！！！」

× × ×

［回想 ＃特別編］

菜奈のＰＣを見ている翔太。

動画サイトが立ち上がり、映像が再生される。

翔太（N）「それでも、悲しんでいる暇もなく…」

× × ×

［動画］
恐怖に震える菜奈のアップ。

翔太　「菜奈ちゃん」
撮影者が、楽し気に菜奈に話しかける。※声は加工

撮影者　「最後なんだから笑ってください」
菜奈、目に涙を浮かべながらも、笑顔を作る。

菜奈　「翔太君…。私…」
そこで動画は切れた――。

×　×　×

［回想＃11 S4］

翔太　「あー!!」
デスクに力いっぱい拳をぶつけ、目を上げる翔太。

翔太(N)「僕には、しなければならないことができました」

×　×　×

［回想＃11 S15］

翔太　「交換殺人のことを他の刑事にも報告していたら、菜奈ちゃんは、死ななくて済んだんじゃないんですか？」

〔回想 ♯12 S40〕

二階堂「死因が塩化カリウムじゃないですか。サンプルになるデータが少ない今の段階でＡＩに分析させせると、犯人は藤井って出ちゃうんです」

×　　×　　×

〔回想 ♯12 S43〕

藤井「不法侵入だぞ！」

翔太「じゃあ警察呼んでください」

翔太、やっぱり怪しいと、奥の部屋のドアを開ける。床にトランクに詰めかけの大量の医薬品や医療品。戸の死角から、イクバル②と③。

×　　×　　×

〔回想 ♯12 S44〕

アナウンサー「俳優の袴田吉彦さんが殺害された事件で、つい先ほど容疑者の写真を公開しました。指名手配されているのはイラン国籍のアリ・モハラミ容疑者と…」

イクバル②と③の顔写真ヴィジョン映像が映る。

×　　×　　×

黒島、目の前の街頭ヴィジョンに流れるニュース映像を見ている。

イクバル②と③が、翔太の背後から襲いかかり、頭に麻袋をかぶせようとしている。

翔太「(麻袋の中から) あぉぉぉぉーーー!」

× × ×

黒島、映像を見ながら慌てて翔太に電話をかける。

黒島「翔太さん、これ聞いたらすぐ折り返してください」

× × ×

2 キウンクエ蔵前・403号室前~4階廊下~4階エレベーターホール

翔太「離せ! おい!」

イクバル②、③が麻袋をかぶされた翔太を引きずって、出てくる。

そのままエレベーターホールへ向かう。続けて藤井も出てきて、

翔太「藤井さん!!」

藤井「ちょっと、どうすんの…!?」

イクバル③、暴れる翔太の腹部を殴る。

翔太「うっ…」

翔太、気を失う。

藤井「なに？　殺しちゃったの？　ねえ、ちょっとー、ねえー、運ぶだけじゃないの？　ちょっと…ど、どうすんの…？」

藤井は廊下の曲がり角のところで止まり、付いていくかどうか迷っている。

イクバル達はエレベーター前に着いた。イクバル②がボタンを押し、ドアが開く。と、中から二階堂が現れた（ヒーロー感、濃いめで）。

イクバル②、③「…⁉」

翔太「離せ…あぁ…」

二階堂、瞬時に状況を把握したようだ。イクバル②、③、顔を見合わせる。イクバル③、ポケットからナイフを取り出し、二階堂に襲いかかる。二階堂、華麗に応戦。二手、三手よけ、イクバル②を蹴り倒し、ナイフをふりかざすイクバル③の手元を強くはじく。ナイフはイクバル②のこめかみギリギリの壁に刺さる。イクバル②、やたら強い二階堂に驚き、壁に刺さったナイフを抜いて構える。

二階堂「めんどくさいな…」

二階堂、はいていたサンダルを脱ぎ捨てる。

一連の様子を藤井があたりを警戒しながら見ている。

藤井「二階堂…」

二階堂、渋々ながら改めて身構えると、空気が変わる。

二階堂「（…かすかに音を立てながら息を吸う）」

二階堂、イクバル達に襲いかかる。イクバル②、③と、吹き替えなしの横浜流星による、7回は巻き戻して見たくなるアクション！　藤井、唖然として見ていたが、401号室のドアの向こうから、カギを開ける音がして、

藤井「あっ…」

藤井はギリギリで部屋に逃げ込み、2人には見られなかった。

401号室からなにをしていたか想像しやすい薄着の木下と蓬田が出てくる。

蓬田「なに？　なに？」

木下と蓬田、おそるおそるエレベーターホールへ。仁王立ちする二階堂。倒れているイクバル②、③。床に座り、目隠しされたまま横たわっている翔太…。

蓬田「えっ⁉　えっ…ちょっ…え？　えっ？」

木下、携帯を取りに部屋に戻る。

翔太「あー…」

蓬田「えっ？　ちょっと、なにしてんすか？」

蓬田が駆け寄ると、翔太が起き上がり、ちょうど自分で袋を取った。

翔太「あぁ…！」

蓬田「えっ、大丈夫？」

翔太　「（二階堂より先に蓬田が目に入り）か、管理人さん…ありがとう…！」
翔太、蓬田の手をにぎる。
蓬田　「いや、俺は…あっ、どういたしまして」
翔太　「ハァ、ハァ…。（二階堂に気付き）どーやん、なにしてんの？」
二階堂「（ポケットから出した翔太のスマホを渡し）警察呼んでもらえます？」
翔太　「あっ、うん、うん、うん…」
木下が戻ってきて、携帯で一同を撮影している。
視点切り替わり、外階段の方から、通報中の翔太達を見ている視点。
翔太　「あ…あの、あの…外国人の2人に急に襲われて…はい…。あっ、男の、えーっと…今は平気なんですけど…」
その様子を見ていたのはシンイーだった。
シンイー、慌てた様子でその場を立ち去る。

3　同・203号室・シンイーの部屋
シンイーが慌てた様子で鞄に荷物を詰めている。
クオンとイクバルが困惑しつつ、それを見ている。

クオン「他に、どうにかする方法ないのかな？」
シンイー「ないっちゃ。ここにも絶対警察来るよ」
シンイー、鞄をクオンに渡し、
シンイー「まず逃げて。これからのことはまた後で」
クオン「…わかった」
と言ったきり、2人とも言葉がなくなり、動かない。
イクバル「…（察して）外の様子、見てくるぞ」
と言って、出ていく。
クオン「このまま会えなくなったりしない？」
シンイー「（会えないかもという気持ちを必死で打ち消すように）会える…。会えるよ。会えるって！」
クオン、シンイーを抱きしめ、
クオン「今日から毎日夜の1時に寝る。シンイーも同じ時間に寝て？　しばらくは夢の中で会おう」
シンイー「さみしいだっちゃ」
クオン「大丈夫。ベトナムの言い伝えにね、〝トム・ハップ・ヌック・ズアに乗って空飛ぶ夢を見れたら結婚できる〟っていうのがあるんだ」

シンイー「トム・ハップ・ヌック・ズア?」
クオン「同じ時間に同じ夢を見よう」
シンイー「うん。トム・ハップ…」
クオン「キスしていい?」
シンイー「もう、会えないみたいなキスはやだっちゃ。ちょっとコンビニ行く時みたいな、キスをしてけろ」
2人、軽くキスをする。パトカーのサイレンが聞こえる。
クオン「じゃあ…」
クオン、出ていった。シンイー、1人残って、悲しみに耐えている。
シンイー「…」

4 すみだ署・取調室(日替わり)

神谷と水城が、イクバル③の取り調べをしている。
水城「えー手塚翔太への暴行、略取誘拐未遂もさることながら…あれかなあ…。どうして袴田吉彦を殺しちゃったの?」
神谷「水城さん」

水城　「ん？」

神谷　「大丈夫ですか？　その件は所轄が違いますけど」

水城　「だからこそ、移送される前に聞いとくんだよ」

神谷　「…」

水城　「うん？」

イクバル③「私は袴田の顔が嫌いだ。だから殺した」

神谷・水城「…」

×　×　×

1時間後。イクバル②の取り調べが行われている。

イクバル②「僕は袴田の顔が嫌いだ。だから殺した」

神谷　「(呆れて) 明らかに口裏合わせてますね」

水城　「一緒に捕まった人以外にも、仲間がいるよね？」

イクバル②「？」

神谷　「下足痕…あぁ足跡ね。現場に残った足跡は3人分なの。24・5cmの足跡だけ、誰のものなのかわかってないの」

イクバル②「…」

神谷　「(シンイーの写真を見せ) この子のだよね？」

イクバル②「違う！」
水城「かばいたい気持ちもわかる…」
イクバル②「本当に違う！」
神谷・水城「…」

×　×　×

続けて、藤井の事情聴取が始まっている。
藤井「ハァ…ですから、私はなにも…。あの2人が手塚さんの顔を見たら急に…」
水城「手塚さんは、あなたの部屋で大量の薬品を見たと言ってますが」
藤井「ただの薬ですよ。シンイーちゃんに、故郷の村に薬を送りたいって頼まれたので手配したんです。それをあの2人が取りにきて…」
神谷・水城「…（信じてない）」
藤井「けしからんですよ！　あのマンションは。事件が多すぎる。呪われてるのかな…」
水城「（身を乗り出して）やっぱりそう思う？」
神谷「…（呆れている）」

×　×　×

神谷と水城が、翔太の事情聴取を行っている。

翔太　「呪いなわけないでしょうが！」
水城　「あっ、いや、ごめんなさいね。そうだよね…」
翔太　「あのマンションでたくさん、人が死ぬのは…（チラリと神谷を見る）」
神谷　「…（言うな、と小さく首を振る）」
翔太　「交換殺人ゲームをしてるからですよ」
水城　「ん？　ゲームって…？」
翔太　「神谷さんに聞いてください。お詳しいですから」
水城　「どういうこと？　意味わかんない」
神谷　「あぁ交換殺人ゲームですよね…。（真顔で）無料アプリなんですけど、結局課金しないと勝てないんですよ」
水城　「あぁ、多いね、最近そういうの」
翔太　「やーめた。もう、あなたのことは信じません」
神谷　「落ち着いてください…」
翔太　「（遮って水城に）この後って、予定ありますか？　今から結構、長い話、はじめますけど」
水城　「あっ、はい」
神谷　「…」

タイトル
『あなたの番です－反撃編－』

5　すみだ署・取調室

翔太が帰った後。交換殺人ゲームの表が机の上にある。※水城が聞き取り、メモした手書きのもの。翔太の話を踏まえて、水城が神谷を問い詰めている。

水城「どういうことだよ、おい!!　いつから知ってたんだよ!?」
神谷「そんな、正確に覚えてません」
水城「開き直るのか?」
神谷「水城さんのせいですからね」
水城「あぁ?」
神谷「住人同士がゲームで殺し合ってるなんて知ったら、どうせまた怖いだ、呪いだ、とか言い出してたでしょ?　そういうの、付き合いきれないんですよ!」

水城「俺は今、お前が一番怖いよ」
神谷「誤解ですって…」
水城「…」
神谷「あの、ほんとすいませんでした。このことはできれば」
水城「（毅然と突っぱねて）報告は自分でしろよ。全部正直に」
神谷「…」
水城「報告の内容次第で、今後お前を信用するかどうか決めさせてもらう」
神谷「わかりました」

6　ローカルラジオ局（日替わり・休日・朝）

そらが椅子に座って絵本を読んでいる。どこからか澄香の声が聞こえる。

周囲が映ると、そこがラジオ局であることがわかる。澄香、生放送中。

澄香「そして先日、袴田吉彦さんを殺害した容疑者がようやく捕まりましたが、飯田橋の名画座では、〝本当はすごい、袴田吉彦〟と題した追悼オールナイトが開催されます。番組ではこの上映会に4組8名様をご招待」

そら、放送中の澄香の顔を見て、安心している様子。

7　同・玄関

澄香とそらが手をつないで、局から出てくる。

そら「ママ、お腹すいたよ」
澄香「なに食べる?」
そら「うーん、カレー!」
澄香「カレー?　じゃあさ、あっ、この間行ったさ、あの近所のさ…」
そら「あー、おいしかったよね」
澄香「いいよね。あそこ行く?」
そら「うん、あそこ行く!」

そんな2人を、なぜか物陰から総一が見ている…。

総一「…」

8　キウンクエ蔵前・302号室

翔太、黒島、二階堂が集まっている。

黒島　「なんかもう混乱します。いつまで、こんなこと続くんだろうって…」
翔太　「…」
二階堂　「強引すぎましたよ。これじゃＡＩを使う意味がない」
黒島　「…」
黒島、頭を嗅がれたことが気になっているが、二階堂は気にしていないようにも見える。

×　×　×

［回想　＃12　S35］
二階堂、黒島の頭の匂いを嗅ぐ。

×　×　×

翔太　「黒島ちゃん」
黒島　「はい」
翔太　「あっ、どーやんも。心配かけて悪いけど、こんなことがこれからも起きるかもしれない」
黒島　「え？」
翔太　「今までも強引に行動するたびにさ…」

×　×　×

［回想♯9 S42］

早苗「えっ……！」

翔太「ほんと、ごめんなさーい！」

翔太、早苗を押さえのけて、部屋の中に入る。

×　　×　　×

［回想♯9 S45、47］

翔太、壁を押すと、部屋が現れた。猿ぐつわをされた黒島が両手を天井の金具のチェーンでつながれた状態で立っていた。総一がうずくまって怯《おび》えている。

×　　×　　×

翔太「事件に進展があったんだよね」

黒島「いや、だからって…」

翔太「それにね、俺、袋かぶせられて、殴られて〝あぁ殺されるんだな〟ってすっごい怖かったの。その時にさ菜奈ちゃんもこんなふうに、怖かったのかなって思ってさ…」

×　　×　　×

［動画］

菜奈「翔太くん…」

×　×　×

翔太「やっぱり許せないよ。絶対に許せない」
二階堂「（遮るように）別の話していいですか？」
翔太「え？」
二階堂「あなたが『怒りにまかせて向こう見ずな行動に出る』という情報はもうＡＩに入力済みなので、別の情報が欲しいです」
翔太「はい」
黒島「…（ドライだなと思っている）」
二階堂「確か、前にも目隠しされたって言ってましたよね？」
翔太「あぁ」
二階堂「似たような状況になって、なにか心当たりが浮かびませんでしたか？　監禁中の、3人目の声…」

×　×　×

［回想　＃10　S38］
目隠しされている翔太。
神谷「決断は早い方なんです」
いきなり黒島のみぞおちを殴る。

黒島「うっ！」

翔太「いや…わかんない…。でも少なくとも、あの外国人2人でもないし、藤井さんでもない」

×　×　×

9　同・5階廊下

佐野が501号室から出てきて、いつもの外階段の方向へ歩いて行く。
と、502号室から、蓬田が出てくる。

蓬田「（部屋の中へ）じゃあゴミの分別だけは守っていただいて。あとは常識的に…。（佐野に気付き）うぇ！　佐野さん！　紹介しますよ、今日からお隣さん…ちょっと！」

佐野、さっさともう一方の外階段から去っていく。

蓬田「え？　無視っすか？　僕達相性悪いっすもんね」

南（声）「ちょちょちょ、ちょっと！　待って待って待って！」

と、引っ越してきた男・南雅和（50）が部屋からにこやかに出てくる。
が、すでに佐野はいない。

南　「はい…。あれ…？　なんだー。引っ越しの挨拶渡そうと思ったのに」
と、コンビニ袋を見せる。
蓬田「どうせ受け取りませんよ」
南　「なんで？」
蓬田「いや、なんかね、顔の作りとパーマのカール以外、全くなってない人で。無愛想なんすよぉ」
南　「ふーん（と言いながら袋からポテトチップスを取り出し、食べ始める）」
蓬田「…（それが挨拶の品？　そして食べるの？　と思っているが口に出さない）」
南　「501の、なにさん？」
蓬田「えっ？　佐野さんっす」
南　「男？　何歳くらい？」
蓬田「男っす。年まではちょっと…」
南　「そう。とりあえず住人全員に紹介してくんない？」
蓬田「えっ、あー、じゃあこのあと臨時の住民会があるんですけど」
南　「事件に関係した人も来る？」
蓬田「（訝《いぶか》しがるが）あぁ…たぶん」
南　「よし！　それ出よ出よ。はい、あげる」

蓬田「えっ、あざっす！」
南「えー、どっち？」
蓬田「あっ、そっちっす」
南「よし、行こう」
蓬田「これ、めちゃめちゃうまいっす」
南「あっ、そう、ハハ…」
蓬田「ハハっ！」

10　すみだ署・捜査本部

捜査会議に交換殺人の話題が上がっている。
刑事一同、神谷が用意した交換殺人の表を持っている。

刑事課長「なんのためにこんなゲームをしたんだ？」
神谷「単に、住民会の後の余興だったようです」
副署長「それがどうしてこんなに人が死ぬことになるんだ？　おかしいだろ？」
水城「…（神谷を伺《うかが》うような表情で見ている）」
神谷「この表も手塚翔太からの情報をまとめただけなので、私もちょっと…」

水城「神谷！」
神谷「はい」
水城「わからないなりに、なにか気になる点はあるのか？」
神谷、全て話せというプレッシャーを察して、
神谷「えー例えば、久住は殺したい人として【袴田吉彦】の名前を書いています。そして先日、シンイーの同居人が袴田殺しで捕まりました。彼らには殺す動機がありません」
刑事①「住人同士のトラブルからの事件なら、いくつも動機が推測できますが」
刑事課長「不法滞在の外国人と俳優だもんな」
神谷「なにかあるとすれば、やはり本当にゲームが行われていた可能性が…」
一同「…」
神谷、話を終わらせたくて座る。
副署長「あー、もうずいぶんな話で、にわかには信じられないが、一同、念頭に置いて、今後の捜査に活かすように」
一同「はい」

11　キウンクエ蔵前・地下会議スペース

臨時の住民会が開催されている。

参加者は翔太、淳一郎、洋子、柿沼、黒島、西村、尾野、二階堂、木下、江藤。

藤井は部屋に引きこもっている。

洋子「えっ、本当にやるんですか？」

西村「えぇ、一応、毎年恒例ですし、私たちは別にやましいところはないですから」

木下「（ほくそ笑みながら）やましいところねぇ」

淳一郎「（二階堂に）町内会のお祭りに、毎年出店を出しているんです」

二階堂「（うなずいて応える）」

柿沼「ヤベェんじゃねえの？　この時期に出店なんて」

黒島「どういう意味ですか？」

木下「殺人マンションが出すお店に来る人なんているのかよって言いたい顔してますね」

柿沼「そうだよ。ただ、浮田さんは毎年はりきってたから、俺も協力はしてぇけど」

江藤「いっそのこと、お化け屋敷とかどうですか？　みんなで殺人鬼の格好して、脅かすんですよ」

尾野「面白いですね。中に本物が混じってるわけだし」

一同　「（ぎょっとして尾野を見る）」
洋子　「この子…なに言ってるの？」
翔太　「…（一同の反応を伺《うかが》っている）」

12　すみだ署・捜査本部

会議が続いている。

刑事課長「で、（シンイーの写真をこづきながら）この子は、なんて言ってるんだ？　同居人について」
刑事②　「〝会ったことはあるが、よく知らない〟と供述してますが」

×　×　×

［インサート　203号室］
イクバル達の押し入れベッド。
刑事②（声）「部屋の状況を確認したところ」

×　×　×

刑事②　「知らないと言うのは無理があるかと」
刑事課長「（資料を見て）ベッドの数的には、4人分だが」

刑事②「まくらは7人分ありました」
水城「その中で、袴田殺しの3人目としての最有力候補がシンイーだったんですが…」
刑事①「犯行当日、シンイーは都内でアルバイトの面接を受けていました。その付き添いでクオンと呼ばれている男もいました」
刑事課長「アリバイありか…。で、残るこいつ（イクバルの写真を指し）も会社で勤務中だったと…」
水城「現在、イクバルは家に帰してます。シンイーは供述に不明な点が多いため、引き続き取り調べ中です」
刑事課長「袴田殺しの3人目が見つからないのか…ハァ…」

13　キウンクエ蔵前・地下会議スペース

住民会が続いている。
西村「では引き続き検討するとして、夏祭りの話はいったん、終わりにしましょうか」
と、ドアが開き、蓬田が現れる。
西村「あっ、管理人さん」
蓬田「どうも。えっとみなさんに新しい住民の方のご紹介を。あっ、（石崎に）今回は

洋子　入居拒否とか、マジなしで」
蓬田　「はい？」
　　　「お願いします。どうぞ」
南　　と、南が部屋に入ってくる。
　　　「あっ、すいません。えー502号室に越してきました南です、よろしくどうぞぉ」
木下　「502？」
洋子　「赤池さんの…？」
南　　「ねぇ、怖いですよね。異常ですよね。でも、お家賃格安なんですよぉ。だから って普通じゃないと思ってる？　普通ですから！　ご安心を！」
一同　「…」
南　　「おっ、怪訝な顔が、1・2・3…。全員だ。ハハハ…」
蓬田　「ハハハ、ハハ…。ま、みなさん、仲良く。うん。どうぞ」
　　　と、蓬田、隅の椅子に座る。
洋子　「早速、入居拒否の多数決をとりたいと…」
南　　「いやいやいや、おばさん。そしてみなさん。そんな目で見ないでくださいよ。 こちら、いろいろあったマンションですから、私の方こそ、みなさんを、ねぇ？」
淳一郎　「…〝みなさんを〟、なんですか？」

南　「うん。早くみなさんと距離を縮めて、信頼関係を作りたいなと。はい…です…」
と、ペンとメモ帳を取り出す。
南　「ということで、お名前、お聞かせ願えますか？」
一同　「…（白けていたり、不審に思ったりして黙っている）」
西村　「（気を使って）あっ、じゃあ私から。204の西村です」
南　「西村さん」
西村　「はい」
南　「で、同居の方が殺された？」
西村　「あっ、いえ、私は…」
南　「なんだ。先に、同居人が殺された方からお願いします」
ざわつく一同。
柿沼　「チッ…お前、記者かなにかか？」
木下　「…（〝記者ならライバル〟という視線）」
南　「違いますよ。で、あなたは？　ご自分のお名前と死んだ人の…」
柿沼　「この野郎！」
柿沼、立ち上がる。が、翔太が同時に立ち上がった。
翔太　「302、手塚翔太です。殺されたのは妻の手塚菜奈。（ぐるりと見渡し）犯人は

一同　まだ捕まっていません」

南　「…（突然の翔太の迫力に静まりかえる）」

翔太　「それは…。早く捕まるといいですね。手塚さん」

　　「はい」

14　同・地下会議スペース

　　一同がパラパラと帰っていくところだ。

西村　「次回までに、やりたい出店を考えておいてくださいね」

　　一同、曖昧な返事をしながら部屋を出ていく。

西村　「お願いします」

　　と、翔太のもとに木下が近づいてきて、

木下　「手塚さん」

翔太　「ダメですよ」

木下　「は？」

　　帰りかけていた蓬田が、２人のやりとりに気付く。

翔太　「まだ返せません」

× × ×

［インサート］

ゴミが整然と並ぶ木下の部屋。

× × ×

木下「私が必死で集めたものなんですよ？」

翔太、返事をせずに去ろうとする。

翔太「どーやん。行こう」

木下「大事な仕事の資料なんです（と翔太の腕をつかむ）」

翔太「（振り払って）仕事？」

蓬田「ちょっと…なにしてんの？」

翔太「こっち、復讐なんで。…（二階堂をうながし）行こう」

翔太、そのまま立ち去る。

蓬田「大丈夫？」

木下「…（返事をしない）」

と、木下の携帯に着信。

画面に【翠葉出版】の文字。

木下、ため息をつき、

木下「はい、木下です。あっ、はい。どうもどうも。あっ、その件なんですけども…」
そして頭をペコペコ下げながら、出て行く。

蓬田「…」

15　同・103号室・淳一郎の部屋・玄関

淳一郎が部屋に帰ってくる。

淳一郎「ただいまー（と言いながら玄関先の鞄をつかみ）、行ってきまーす」
君子がリビングから飛び出してきて、

君子「え…もう行くの？」

淳一郎「（妙に慌てて）3日後には本番だから。3日後には…本番だから」

君子「2回も言わなくても。あっ、じゃあまぁ、頑張ってください」

淳一郎「うん」
淳一郎、出ていく。

君子「…？」

16　川沿いの道

淳一郎がキョロキョロしながらやってくる。

淳一郎「あの！」

東が気付いて、小さく手を振る。

東「ごめんなさい。稽古前に、台詞合わせ、お願いしたくて」

淳一郎「うん…大事大事」

2人、並んでどこかへ向かう。

淳一郎「えっと…お会計の？」

東「あっ、はい。そのちょっと手前の…」

17　キウンクエ蔵前・302号室（夜）

翔太と二階堂が鍋を囲んでいる。

翔太「いただきます」

二階堂「…（ボソッと）クソ暑い中、毎回、鍋…。いただきます」

翔太　「素直にさ、食べるようになったよね」
二階堂　「（眉間にしわを寄せて一口）」
翔太　「後は顔だよね。もう少しさ、おいしそうに食べてよ」
二階堂　「おいしいですよ。ただ、舌と顔が別人格なので」
翔太　「（思わず笑いながら）へぇ…」
二階堂　「どうするんですか？　藤井さんは」
翔太　「ゲームのことは伝えたし、警察の出方を待つ」
二階堂　「あと尾野さんの情報が少ないんですが」
翔太　「紙についてはかたくなに教えてくれないしさ。一度、話し合わせるふりして部屋に入ったことあるんだけど…」

×　×　×

［回想　♯8　S23］

尾野の部屋から出てくる翔太

×　×　×

翔太　「特に怪しいものがなかった」
二階堂　「表を埋めることが、解決の近道だと思うんですが」
翔太　「早苗さんの書いた紙は嘘だね。それから石崎さんの紙は、指紋を警察に調べてもらおうと思ってる」

二階堂「あとは赤池美里さんですね」

翔太「うん。それと田宮さんと黒島ちゃんの引いた紙か」

二階堂「あの、黒島さんに関してですが、ちょっと気になることが…」

翔太「なに？」

二階堂「あの人は…あれですね。匂いが変です」

翔太「匂い？」

二階堂「えぇ。僕、他人（ひと）の匂いがとにかく苦手で、手塚さんが帰った後もすぐに消臭剤をまいてるんですが、あの人の匂いだけ気にならないんです」

翔太「ん…なんの話？」

二階堂「いや大事な話です。こういった情報をＡＩに入力するとします。体臭は食べ物からの影響があるので、推測される食生活が割り出され、例えばカレーライスをよく食べるということがわかる。後に、犯行現場に残された繊維からスパイスの成分が確認されたとして…、とつながっていくわけです」

翔太「なるほど」

二階堂「ええ」

翔太「でも、その話はたぶん恋だね」

二階堂「恋？」
翔太「どーやんが黒島ちゃんを好きだから、気にならないんだよ」
二階堂「は？」
翔太「例えばね、犬とかっておしりの匂いで敵か味方か判断するらしいのね。発情する時もまず匂いからとかさ。匂いを受け入れるって、すごく本能的なことなのね」
二階堂「はぁ…」
翔太「俺も、菜奈ちゃんの匂いすごい好きだったもんなぁ。抱きしめるとさ、いつもふわっとしたこう良い匂いがするのね」

×　×　×

［インサート］
菜奈を抱きしめる翔太をいくつか。
翔太(声)「そんで『あー菜奈ちゃんだなぁ、幸せだなぁ』って。何回、抱きしめても、また抱きしめたいって思うんだよ」

×　×　×

翔太「今でも匂い嗅ぐとさ、笑顔とか、仕草とか、ババババッて思い出すのね。だからさ、少しずつ、この部屋から、菜奈ちゃんの匂いが消えてくの怖いんだよね。…クローゼットなんか、いまだに開けられないもん、俺」

二階堂「……」

翔太「だから、どーやん。そんな人に出会えるって、すごい幸せなことだよ」

二階堂「……」

18　同・304号室・二階堂の部屋

二階堂が部屋に戻ってきて、PCの前に座り、ものすごい勢いでAIをプログラミングし出す。

翔太に同情してやる気が出たのか、それとも黒島への思いを自覚してやる気が出たのか……。

19　同・302号室・寝室

翔太、クローゼットの前で、開けようとして、開けられない。

翔太「……」

と、玄関のインターホンが鳴る。

翔太「……?」

インターホンのモニター画面に、にこやかな淳一郎。

20　すみだ署・捜査会議室（日替わり）

神谷と水城と刑事①、②が会話している。

水城「じゃあ釈放したのか？」

刑事①「袴田殺しは犯行時刻がはっきりしてますからね」

21　キウンクエ蔵前・203号室・シンイーの部屋

シンイーが帰ってくる。

刑事①（声）「アリバイがある以上、取り調べを続けるのはちょっと…」

と、イクバルが待っていた。

駆け寄るシンイーに、

イクバル「クオンから連絡あった。無事だよ。安心して」

シンイー「全部、私のせいだべ」

イクバル「…」

［回想・203号室］

シンイーは眠っている。

イクバルが、PCで誰かのメールをハッキングしている。

×　×　×

イクバル「袴田吉彦のスケジュール、わかったぞ」
イクバル②「さすがだな」
イクバル「本当にやるのか？」
イクバル②「シンイーに恩返しするチャンスだ」

一同、シンイーの寝顔を見つめる。

×　×　×

イクバル「みんなが勝手にやったことだから。シンイーは関係ない」
シンイー「…」

22　栃木県警・留置場

イクバル②が床に座って、物思いにふけっている。

イクバル②「…」

［回想　森の中］

イクバル②、③と、そして謎のもう1人が森の中を進む。

×　　×　　×

イクバル②「…」

×　　×　　×

23　ショーパブ入口（夜）

劇団満員ｏｎ礼のチラシが貼ってある。

24　ショーパブ

本番中の客席の描写。

東（声）「本当の本当に別れるってことでいいのね？」

柳本（声）「あぁ…、これ以上、無理して仲良くするくらいなら、その労力をなにか別のことに使った方がいいよ」

まばらな客席。寝ている客もちらほら。そんな中に翔太の姿。

［舞台上］

落ち着いた芝居が展開している。

東　「労力って、そんな言い方しないで」

柳本　「（奥に向かって）すいません、お会計！」

淳一郎（声）「はーい、お会計！」

照明暗くなり、舞台の一部にスポットライトがあたる。ポール・アンカの「クレイジー・ラブ」等がかかる中、淳一郎、スポットライトの中に入っていく。淳一郎、1人だけテンションの違う芝居。

淳一郎　「〝お会計！〟と、声がかかれば私はフロアへおどり出る。いつしか身体に染みこんだ、呪いの言葉に反応する。それが、〝とりあえずビール！〟でも同じこと。飛び交う注文！　踏むステップ！　繰り返しの日々！　なけなしの時給！　季節は何度巡ろうと、その美しさを失わない。だが私の生活は、繰り返すたびに…くすんでいく」

立ち上がって帰る客もいる中、翔太は感動している。

翔太　「…」

×　　　×　　　×

終演後。

翔太　「田宮さん、田宮さん」

淳一郎　「あー！」

淳一郎が充実した表情で、翔太の元にやってくる。

そして一言も発しないが東が笑顔で付き添っている。

淳一郎　「来てくれたんだ。ありがとう」

翔太　「面白かったです。お1人だけ異次元のお芝居をされてましたし」

淳一郎　「見る人が見るとわかるんだな」

翔太　「サインもらえますか？」

淳一郎　「ちょっと、からかわないでよ…。なんか書くもんある？」

翔太　「サインと以前、設置してた防犯カメラの映像が見たいです」

淳一郎　「え？」

翔太　「前に置かれてたって聞いたので」

淳一郎　「（不機嫌になり）…私機械音痴だから、なんにも撮れてなかったんだよ」

翔太　「でもボタン押せば映りますよね？」

淳一郎　「（無視して）あっ、なんだよ。来なくていいって言ったのに！」

淳一郎、君子を見つけて逃げるように去る。東も翔太に会釈をして淳一郎を追う。

淳一郎　「ハハっ、緊張したー。途中でね、なんか、憑依《ひょうい》っていうのかな…。『お会計』っていうセリフあったでしょ。あそこからの記憶が全くないの。あれ台本じゃないんだけど、ゾーンに入ったというのかなー」

翔太「…」

翔太の視線の先では、君子が鬼のような形相で、淳一郎と東を交互に見ている。そんな君子の様子に東は気付いているが、淳一郎は気付かず、「緊張したよ」などと話している。

25　すみだ署・捜査本部

ボードの写真が並び替えられている。早苗、藤井、尾野、澄香、黒島、シンイー、久住、淳一郎、洋子の写真を眺める刑事一同。

刑事課長「各人物について、これまでの事件のアリバイを再度確認。それと彼らの周辺で、なにか殺人事件が起きていないかも調べてくれ。以上」

刑事達から口々に「はい」と声が上がる。

水城「あぁ、怪しいお前と行動すんの嫌だなぁ」

神谷「刑事が刑事疑ってどうするんですか」

水城「…（返事をせずに行こうとする）」

神谷「どこ行くんですか?」
水城「あぁ? (ボードの写真を見て) あぁ、一番、弱そうなところから攻めてみっか」

26 同・取調室 (日替わり)

神谷と水城が、藤井の取り調べをしている。

藤井「交換殺人ゲーム?」
水城「やりましたよね?」
藤井「はい。警察にも報告済みだって会長さんから聞かされてますよ」
水城「… (神谷が隠していたことは既に知っているが、責める視線)」
神谷「… (小さく頭を下げる)」
藤井「住民会でも話題にあがりましたし。まるでゲームと殺人事件が関係あるみたいな偶然が続いちゃってるけど、違いますもんねぇって」
水城「こちらが得た情報では、あなたが山際祐太郎の名前を書き、その紙を引いた榎本早苗が山際を殺した、ということになってますが、お間違いないですか?」
藤井「待ってください、その…山際の名前は書きましたよ。それは認めます。みんなにも言っちゃったんで。〝言っちゃった〟? 言っちゃったって変か、ハハハ。唖、

水城　飛んじゃった、汚ねえ」

水城「榎本早苗は山際殺害後、あなたを脅迫。脅迫に屈したあなたは近所のブータン料理店の店主、田中政雄を殺害。その後、２０３号室のシンイーを脅迫、とここまでもお間違いないですか？」

藤井「間違いが一点あります。私は店長さんを殺していません」

水城「ではシンイーへの脅迫は認めるんですね？」

藤井「間違いが2点ありました。シンイーちゃんを…」

水城「あー…（神谷に「話を進めろ」と促す）」

神谷「榎本早苗の家にあったバスタオルから、榎本一家のものとは別のＤＮＡが検出されています。念のため藤井さんのＤＮＡを採取させてもらえますか？」

藤井「…」

×　　×　　×

［回想 ＃3 S35］

動画を見ている藤井。

［添付ファイルの動画］

謎の人物「あなたのバスタオルです。ここから、あなたと山際祐太郎のＤＮＡが検出されるでしょう」

藤井「あっ、ちょっ…。いったん、立ってもいいですか？」

×　×　×

藤井、立ち上がり、ストレッチして、落ち着こうとする。

藤井「よし、観念します。全部、正直に言います。山際の名前を書きました。で、山際は殺されて、帰宅するとなぜか私の部屋の洗濯機の中に」

×　×　×

［回想＃2 S43］

乾燥機の中の山際の首。驚く藤井。這いつくばるようにして出ていく。

×　×　×

藤井「驚いて部屋を飛び出して、でも戻った時にはもう首はありませんでした」

×　×　×

［回想＃3 S4］

藤井が部屋に戻ると、生首が消えている。

×　×　×

水城「帰った時は、鍵はかかってたんですよね？」

藤井「はい」

水城「どうやって侵入して、頭部を回収したか…だな」

神谷　「えぇ」

×　×　×

［回想＃10 S42］

マスターキーを持っている正志。

正志　「鍵！　鍵鍵…」

早苗　「あぁ…」

×　×　×

藤井　「それから、私は、信じられない数の、極悪な脅迫に屈し、やむをえず…渋々…。店長さんを…」

水城　「ん？」

藤井　「店長さんを…」」

と、刑事①が入ってくる。

刑事①　「すいません、ちょっと！」

水城　「バカ！　後にしろよ！」

刑事①　「いや！　今…！」

神谷・水城　「…？」

×　×　×

ガラスの向こうで、神谷と水城が刑事①の報告を受けている。
ガラスの中では藤井が1人でオロオロしている。

水城「はぁ？　アリバイがある？」

刑事①「田中政雄の死亡時刻に、藤井は夜間診療の当番日で、救急の患者の診察をしていました」

神谷・水城「…」

神谷と水城が、藤井に頭を下げている。

水城「いろいろ失礼いたしました」

藤井「…？」

藤井はポカンとするばかり。

×　　×　　×

27　スポーツジム

翔太が、桜木をトレーニング中。翔太、考えごとをしていて、集中していない。

翔太「7・8・9・10。はい、いいですよ。じゃあもう1セットやってみましょうか」

桜木「あの…」

翔太　「はい、いきまーす」
桜木　「すいません、あの…。もう12セットやってるんですけど」
翔太　「え？」
桜木　「腕パンパンです」
翔太　「ごめんなさい、ちょっと考えごとしてて。え？　え？　12セット？」
桜木　「はい」
翔太　「早く言ってくださいよ…えっ…。これ、3セット以上やると、腕ちぎれるやつですよ。っていうか、意外と筋肉あるんですね」
桜木　「ある意味、肉体労働なんで（さわやかに笑う）」
翔太　「すいませんでした（とりあえず笑い返す）」

28　スーパー

［野菜売り場］

澄香とそらが買い物している。物陰から、また誰かの視点。

澄香　「ねえ、そら」
そら　「んー？」

澄香「しいたけ入れるよ。今日」
そら「えー」
澄香「しいたけのハンバーグ」
そら「ハンバーグ？　やったー！」
澄香「よし、行こう」
そら「あっ、欲しいお菓子があったんだ」
澄香「お菓子？」
そら「見に行く！」
澄香「気を付けて」

そらは１人でお菓子売り場に行く。視点の人物、そらを追うようにして移動する。

×　　×　　×

［お菓子売り場］

お菓子を見ているそら。と、総一が現れる。

総一「そら君」
そら「…！」
総一「ひさしぶり」
そら「お兄ちゃん、外出られたの？」

総一　「うん。脱出成功だよ」
そら　「よかった」
総一　「あの時は、ビックリさせてごめんね？」

×　×　×

［回想 #8 S19］
そら　「…!!」
顔を上げるそら。402号室のドアが開く。ドアを開けた人物を見て、驚いた表情。

×　×　×

3分後。お菓子売り場に澄香がやってくる。
澄香　「そらー？」
しかし、そらの姿はない。
澄香　「そら？」

×　×　×

澄香、嫌な予感がして、スーパーの中を探し回る。
澄香　「そら…そら！」

×　×　×

と、そらはスーパーの出入口のところに1人で立っていた。

澄香　「そら！」
　　　澄香、駆け寄って抱きしめる。
澄香　「ねぇおやつ売り場にいるんじゃなかったの？」
そら　「うん。でも…」
澄香　「でも、なに？」
そら　「ううん…」
澄香　「ん？」
　　　澄香、なにかを察して、あたりを見回すが、買い物客がいるだけで、怪しそうな人物はいない…。そらはなにかを握り紋めている。それをそっとズボンの中へ。

29　すみだ署・取調室

　　　神谷と水城が早苗の取り調べを行っている。早苗は相変わらず黙ったまま。
水城　「もう一度聞きますよ？　どうやって山際の頭部を、藤井の部屋の洗濯機に入れ、そして回収したんですか？」
早苗　「…（一点を見つめて動かない）」
水城　「目、乾きませんか？」

神谷「まぁ、普通に考えて、あなたか、夫の正志さんか、あとは…」
早苗「あっ、私です」
神谷「え？」
早苗「私がやりました。全部私です。順を追って話しますね。まず山際祐太郎ですが、有名な病院で場所はわかっていたので、病院前で待ち伏せしました。その後、30分ほど都内を走りまして…」
早苗の自供が続く。神谷と水城、きょとんをしながら聞いている。

30 藤井の病院・診察室

藤井が診察室でカルテを見ている。日付と時刻を確認して、
藤井「やっぱり…俺が、診察してることになっている…」
と、桜木が入ってくる。
桜木「最近、半休が多いですね」
藤井「ん？ うん。ちょっとね」
桜木「警察にでも呼ばれてるんですか？」
藤井「ん？ なんで？」

桜木　「警察から問い合わせあったんで」
藤井　「へぇーなんだって？」
桜木　「さぁ…院長に聞いてください」
藤井　「うん…」
桜木　「ただ、4月30日の藤井先生の勤務状況を聞かれたので、カルテを渡しておきました」
藤井　「その日、俺は…」
桜木　「はい。なので院長から怒られると思いますよ。当直じゃないのに診察したわけですから」
藤井　「いや、俺は…」
桜木　「先生は、あの日、診察をしたんです」
藤井　「まさか、君がカルテを…？」
桜木　「質問うぜぇ」
藤井　「え？」
桜木　「まず、お前が、あの日、なにをしていたのか、正直に話せ」
藤井　「…」
桜木　「ほら、早く！　本当は誰かに、洗いざらい話して、すっきりしたいんだろ？

藤井　（急に笑顔になり）話しちゃお？」
桜木　「うん…。あの日…。うん…。私は…。ブータン料理屋に忍び込んで…」
藤井　「うん…」
桜木　「田中政雄を…」
　　　「うん…」
　　　話を聞く桜木のナース服の下、腰のあたりから、赤いライトが点灯しているのが透けて見える。ボイスレコーダーを服の下に仕込んでいるのだ。

31　警察病院・廊下（夕）

　　　翔太、スポーツジムからの帰り、久住の病室を捜して歩いている。
翔太　「…」
　　　と、角を曲がって来た花束を持った妹尾と柿沼に気付く。
妹尾　「昨日、言ったろ？」
柿沼　「わかってる。ごめんって」
妹尾　「わかってるって、なんだよ。持ってねえじゃん。この鞄に入るわけないだろ」
柿沼　「ごめんって…」

翔太「あれ？　浮田さんとこの…」
柿沼「あ…」

32　同・久住の病室（夕）

意識不明の久住が眠っている。
翔太「じゃあ何度かお見舞いに来てたんだ？」
妹尾「あぁ、パパが…。浮田さんが、死ぬ前に、ちょくちょく会ってたっぽいんだよ」
翔太「…」
柿沼「だから、こいつ、なんか知ってんじゃねぇかと思って。時々、様子を見に来てたんだ」
妹尾「それか、この袴田もどきが、浮田さんを殺ったかの、どっちかだよ」
翔太「…」
妹尾「第一、エスカレーターから落ちるとか意味わかんねぇし」
柿沼「いやエレベーターじゃね？」
妹尾「いやエスカレーターだろ？」
柿沼「いやいや、エレベーターだって！」

妹尾「はぁ?」
柿沼「エレベーター!」
妹尾「いや、だからあの箱のやつだろ」
柿沼「え? 本気で言ってんの?」
「エレベーター」に反応して、久住の口元がかすかに動いたように見えたが、誰も気付かない。

33 同・敷地内

翔太と妹尾と柿沼が歩いている。
妹尾「あんたも奥さん、亡くなったんだろ? 大丈夫なのかよ」
翔太「…」
妹尾「大丈夫なわけないか」
柿沼「犯人見つけて、ぶっ殺してぇよな。浮田さんはよぉ、首絞められたみたいで、ひでぇ死に方でさ。それでも顔は笑ってたんだよ」

× × ×

［インサート　浮田の死体］

柿沼「それ見て、余計悲しくなってよぉ」

× × ×

翔太「…？」
妹尾「なんだよ？」
翔太、柿沼に詰め寄る。
柿沼「あっ、あっ、あっ…！」
翔太「詳しく！」
柿沼「えっ？」
翔太「詳しく！」

34 キウンクエ蔵前・302号室（夜）

翔太と二階堂が玄関で会話している。
二階堂「笑ってた？」
翔太「…らしいんだよ」
二階堂「確か菜奈さんも…」
翔太「苦しまない薬使われたのかなとか思ってたんだけど、ただ、思い出したことがあって。赤池さん夫婦も笑ってたんだよね…」

×　×　×

[インサート　赤池美里の死体]

×　×　×

二階堂「奇妙な合致ですね。現場は確か…」

翔太「502号室」

二階堂「見てみたいですね」

翔太「行ってみよう」

二階堂「はい」

35　同・502号室・南の部屋・玄関〜リビング

翔太と二階堂が南の部屋に上がるところだ。

南「どうぞどうぞ、初めてのお客さんだ。いや、嬉しいなぁ」

翔太「…（事件の夜を思い出し、緊張感）」

一同、リビングへ。家具がほぼない部屋。

翔太「すいません、失礼かなとは思ったんですけど…」

南　「いや、いろいろ調べたくなるのは当然ですよね」

翔太　「…？」

よく見ると、床に血の染みが残っている。

翔太・二階堂「…（驚愕）」

南　「（察して）ルームクリーニングでも落ちなかったらしくて。まぁ僕もそういうの気にする方じゃないんで」

翔太・二階堂「…」

南　「なにか手がかりになることありました？」

翔太　「あぁ…あ…。いえ…」

南　「では、僕からひとつ。赤池幸子さんの居場所ってご存じですか？」

翔太　「え？」

×　×　×

［回想　＃4　S46］

幸子　「ジュリアァァァァァ────ッ！」

×　×　×

南　「いえね、格安でここを貸して頂いたんでお礼をしたいんですけれども、ご本人にまだお会いできていませんでして」

翔太　「あぁ…あっ、ちょっとわからないです」

36　同・502号室前・廊下（夜）

翔太と二階堂が部屋から出てきた。

二階堂　「やっぱりおかしな人でしたね」

翔太　「今、引っ越してくる人はみんな変人だよ」

二階堂　「…」

翔太　「ハァ…。ここに収穫はなかった。明日さ、おばあちゃんに会いに行ってみるよ」

二階堂　「はい」

翔太　「うん」

37　国際理工大学・キャンパス

黒島がキャンパス内を歩いている。すれ違う学生はみな、2人組や3人組だ。そんな黒島を物陰から見る視点がまた…。黒島、気配を感じ、振り返る。ここまでは何度か繰り返された描写だ。が、今回は物陰から覗いている人物が初めて映る。学生の内山達生（21）である。

内山「…！」

内山、口角を上げ不自然に微笑んだまま、佇《たたず》んでいる。

黒島、警戒した様子でその場を立ち去ろうとしたところで、二階堂が視界に入る。

黒島「二階堂さん！」

黒島、二階堂に駆け寄り、

二階堂「…！」

黒島「もう帰ります？　一緒に帰りませんか？」

二階堂「構いませんが…」

黒島「なんですか？」

二階堂「途中で話題に詰まって、妙な沈黙になるのが苦手なので、最初からなにも話さないという約束でなら」

黒島「（一瞬唖然とするが、笑って）はい。じゃあこれで（シィーのポーズ）、帰りましょう」

二階堂と黒島、一緒に去っていく。

その後ろ姿を、内山がじっと眺めながら、微笑んでいる。

38　幸子の施設『つつじケアハウス』・施設内〜庭（日替わり）

翔太が施設内を、職員の先導で歩いている。

職員　「あっ、あちらです」

と、指す先で、江藤が幸子の車椅子を押している。

江藤　「こんにちはー。ねぇ、おばあちゃん観覧車、見える？」

江藤、やらしい笑顔…。

翔太　「…」

×　　×　　×

庭のベンチにて、翔太・幸子・江藤が会話をしている。

江藤　「親戚の方も、ここに入れちゃったっきり、全然来ないみたいなんで、僕が」

翔太　「幸子さんにさ、事件のことって…」

江藤　「ダメですよ。こないだも思い出して、ちょっと混乱状態になっちゃったんで」

翔太　「…」

39　ローカルラジオ局

香澄「最近、私、北川香澄は川のせせらぎ響く風鈴などといった夏の中にある音の涼しさを探してね、この暑い日々ね、乗り越えて行こうかなぁなんてね考えて過ごしています。はい。えーでは早速ですがメールを紹介させていただきます。ラジオネーム…」

澄香が生放送中。そらはノートにお絵かきをしている。と、自分の鞄からそっと紙を取り出して、広げる。【いっしょにおまつりにいこう】と書かれている。そら、笑顔でそれを眺めている。

40　キウンクエ蔵前・1階エントランス

本当に黙ったまま並んで帰ってくる黒島と二階堂。
と、総一が出かけるところに出くわす。

黒島「あっ、総一くん、どっか行くの?」
総一「はい。ちょっと…友達のところへ」
黒島「友達できたんだ!（やったねのポーズ）」

総一　「はい。あ、でも沙和ちゃんも遊んでね？」
黒島　「うん！」
総一　「じゃあ」
二階堂　「…（立ち去る総一をじっと観察している）」

41　幸子の施設『つつじケアハウス』・庭

江藤が、ベンチから離れて、電話をしている。

ＰＣを開いているので、仕事の電話のようだ。

江藤　「それをなんとかするのがお前の仕事だろ。いや、こっち動いてるよ。いや、こっち動いてるって」

江藤のＰＣ、ポケットＷｉＦｉが給電されている。

そして画面の中では、謎のＧＰＳ画面に、いくつかの光点が表示されている。

が、それらは翔太には見えない。

翔太、江藤の様子を眺めつつ、幸子に視線を移す。

翔太　「おばあちゃん、俺のこと覚えてる？」

幸子　「…」

翔太「…」

幸子「（翔太の方を全く見ないで）…一緒なの？」

翔太「菜奈ちゃんのこと？」

幸子「（首を振って）あー…あの子よ」

翔太、誰か来たのかと思い、あたりを見回す。

42　警察病院・久住の病室

久住の口元がまた微かに動く。

43　幸子の施設『つつじケアハウス』・施設内〜庭

翔太「どの子のことでしょう？」

幸子「似合ってるって、褒めてくれて…」

翔太「…？」

44　栃木県警・留置場

イクバル②が寝転んでいる。

×　×　×

［回想　森の中］

黒づくめの３人が逃げている。バットには血が。すでに袴田吉彦を殺した後のようだ。３人、茂みの中に倒れ込むようにして潜み、あたりを伺《うかが》う。追ってくる者はいない。

45　幸子の施設『つつじケアハウス』・施設内～庭

翔太「なにを褒めてもらったの？」

幸子「あれよ…あれ！　わからないの？　ダメねぇ、学がなくて…」

翔太「誕生日の夜のこと？」

幸子「（急に翔太の方を見た）」

翔太「…？」

幸子「（ゆっくり息を吸い）…ジューリアァァァァァ！！！」

46　警察病院・久住の病室

久住が上半身だけ跳ね起き、

久住　「佐野ぉぉぉぉぉぉ！！！！！」

47　幸子の施設『つつじケアハウス』・施設内～庭

幸子　「うっ――……うぅっ……」

幸子は叫んだ後にがっくりと首を折って気絶してしまった。

翔太　「おばあちゃん！」

江藤　「ちょっとなにやってるんですか！」

と、駆け寄ってくる。翔太は、幸子の一連の言動がなになのか、理解しようと必死で頭を回転させている。

江藤　「おばあちゃん！　聞こえる⁉　おばあちゃん！　おばあちゃん！」

翔太　「…！？！？」

48 栃木県警・留置場

イクバル②が再び、回想を始める。

× × ×

［回想 森の中］

3人目の黒づくめが立ち止まる。

黒づくめ③「じゃあ私はここで、バイバイで」

イクバル②「(うなずく)」

黒づくめ③「おっと、この服じゃまずいよね」

黒づくめ③、黒いズボンを脱ぐ。下は女性ものの服。さらに黒い上着のジッパーを開けていく…。中から印象的な上半身が見えてくる。イクバル②、③。じっとその上半身を見つめる。黒づくめ③、後ろを向いて、マスクも取り、

黒づくめ③「これ、処分しておいて」

と、言い残し、イクバル達に背を向けたまま、去っていく。イクバル達は、黒づくめ③の顔が見えないが…、カメラが切り返すと…、さっそうと立ち去る人物は、桜木であった。

【#14へ続く】

あなたの番です

第14話

#14

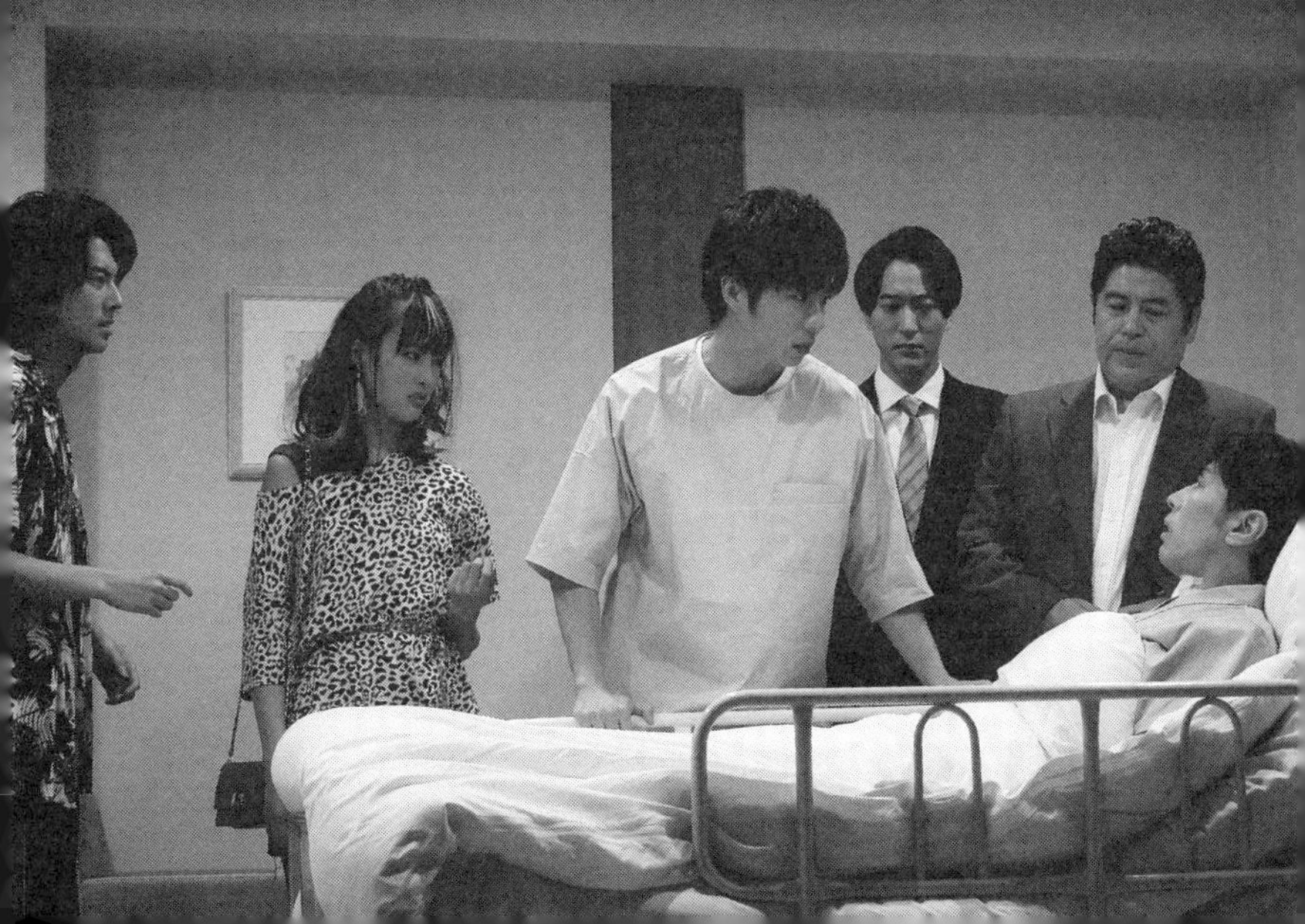

1　前回の振り返り

翔太（N）「知らない間に行われていた交換殺人ゲーム」

×　×　×

［回想　＃9　S47］

早苗　「だぁぁぁめぇぇぇぇー」

早苗がアイスピックで翔太の腿を刺す。

翔太（N）「罪を隠そうと暴走する人が現れ…」

倒れる翔太、総一を見る。

×　×　×

［回想　＃10　S7］

黒島　「たぶん、早苗さんのお子さんだと思います」

×　×　×

［回想　＃10　S43］

ミキサーを振り回す、早苗。

翔太（N）「幾つもの事件の中で、ゲームとは関係ない殺人も起きているかもしれないと気付いた矢先…」

[回想 ＃10 S50]

ベランダから落ちる総一。翔太、咄嗟《とっさ》に受け止める。

× × ×

[回想 ＃10 S56]

菜奈、穏やかな微笑みをたたえたまま、黙っている。

翔太「菜奈ちゃーん！！！！！」

× × ×

[回想 ＃11 S4]

デスクに力いっぱい拳をぶつけ、目を上げる翔太。

翔太「復讐する気、満々だよ」

× × ×

[回想 ＃11 S11、15]

翔太、ダーツの矢の先端を研いでいる。

翔太（N）「それから少しずつ、少しずつ……」

ダーツを突き刺す翔太。

× × ×

[回想 ＃11 S44]

木下の部屋に唖然とする翔太。

×　　×　　×

[回想 ＃12 S43、44]

藤井「不法侵入だぞ！」

翔太(N)「まだ誰だかわからない犯人に近づいている…はず」

翔太、やっぱり怪しいと、奥の部屋のドアを開ける。

床にトランクに詰めかけの大量の医薬品や医療品。

戸の死角から、イクバル②と③。

×　　×　　×

[回想 ＃12 S44]

イクバル②と③が、翔太の背後から襲いかかり、頭に麻袋をかぶせようとしている。

翔太「(麻袋の中から) あぉぉぉーーー！」

×　　×　　×

[回想 ＃13 S2]

二階堂の7回見返したいバトルの脇の翔太。

翔太(N)「…だと信じるしかない」

×　×　×

［回想＃13 S28］

総一「そら君、ひさしぶり」

そら「お兄ちゃん、外出られたの？」

×　×　×

［回想＃13 S39］

【いっしょにおまつりにいこう】と書かれている。

そら、笑顔でそれを眺めている。

×　×　×

［回想＃13 S13］

南「502号室に越してきました南です」

木下「502？」

洋子「赤池さんの…？」

×　×　×

［回想＃13 S41、43、45］

幸子「あの子よ、似合ってるって褒めてくれて…」

翔太「誕生日の夜のこと？」

幸子　「ジューリア！！！」

［フラッシュバック］

死んだまま座っている美里と吾朗。

×　×　×

幸子は叫んだ後にがっくりと首を折って気絶してしまった。

×　×　×

［回想＃13　S46］

久住が上半身だけ跳ね起き、

久住　「佐野ぉぉぉぉぉぉ！！！！！」

×　×　×

［回想＃13　S47］

翔太　「おばあちゃん！」

江藤　「なにやってるんですか！」

と、駆け寄ってくる。

江藤　「おばあちゃん！　聞こえる⁉　おばあちゃん！　おばあちゃん！」

翔太は、幸子の一連の言動が何なのか、理解しようと必死で頭を回転させている。

翔太　「…！？！？」

2　とある路上（夕）

翔太が考えごとをしながら歩いている。

×　　×　　×

[幸子の施設『つつじケアハウス』庭]

江藤「あの子？」
翔太「誰かに、なにかを褒めてもらったって言ってて」
江藤「え？」
翔太「それで、誰なのかって聞いたら……」
江藤「あぁ…亡くなった奥さんじゃないですか？」
翔太「菜奈ちゃんが？」
江藤「えぇ。確か、赤池さんの事件があった日…」

×　　×　　×

[回想 ＃4 S28]

502号室で菜奈が幸子のジャージを褒めている。江藤も同席している。

幸子「派手すぎない？」
菜奈「すごくお似合いになりますよ」

翔太　「どういうことだ…？」

×　×　×

と、翔太の携帯に柿沼から着信が。
翔太の画面に【柿沼君（浮田さんの子分）】の表示。

翔太　「…？」

3　警察病院・久住の病室（夜）

ものすごい勢いで翔太が病室のドアを開ける。

翔太　「久住さん！」

ベッドの上で上体を起こしている久住。病室には、妹尾・柿沼、神谷・水城の姿が。

柿沼　「あっ、手塚さん、あの…」

翔太　「連絡ありがとね」

翔太、久住の元へ駆け寄る。

翔太　「無事でよかったです。あの、ちょっと聞きたいことがあって」

水城　「ダメダメ、まだ話ができる状態じゃないから」

翔太　「目を覚ましたばっかりで大変だとは思うんですけど」

妹尾「じゃなくてよぉ」
久住「はじめまして…ですよね？」
翔太「え？」
妹尾「あれなんだよ…。記憶喪失じゃなくて、あの…」
久住「はじめまして。袴田吉彦です」
翔太「は？」
神谷「意識は取り戻したんですが、自分のことを袴田吉彦だと思い込んでる状態でして。それも18歳の頃の」
翔太「事件のことは？」
柿沼「それどころじゃねぇって感じだよ」
翔太「…」

4　同・廊下

翔太が神谷と水城と会話している。
翔太「クソ…」
水城「まぁ彼については経過をみるしかないでしょう」

翔太「そうですね…のんびり捜査してください。(神谷に)得意でしょ、のんびり捜査」
神谷「…」
水城「まぁまぁいじめないでくださいよー。わかったこともありますよ? ご依頼の
あった石崎洋子と書かれた紙についた指紋の」
翔太「どうでした?」
神谷「ええ、それが指紋が検出された住民は…」
神谷が手帳を出し、説明し始める。
翔太「…」

タイトル
『あなたの番です-反撃編-』

5　キウンクエ蔵前・3階エレベーターホール(日替わり)

二階堂がPCを持ってエレベーターを待っている。

尾野が後ろから来て、横に並ぶ。

尾野　「…（二階堂には興味がない）」

二階堂　「すごい、多いんですね？」

尾野　「はい？」

二階堂　「臨時の住民会」

尾野　「（急に二階堂の方を向いて）無理して、私に話しかけてくる意図はなんですか？」

二階堂　「…（気圧されてつい正直に）尾野さんが書いた紙と引いた紙、教えてください」

尾野　「菜奈さんを殺した犯人捜しだ」

二階堂　「はい。手塚さんのためにも。仲いいんですよね？」

尾野　「誰と？　あっ、手塚さんと私？　フフ…（なぜか鼻で笑う）」

と、エレベーターがついたので、会話は中断。2人、乗り込む。

6　同・2階エレベーターホール～エレベーター

黒島がエレベーターを待っている。

ドアが開くと、二階堂と尾野が両端に分かれて乗っている。

二階堂　「…（黒島に会釈）」

黒島「…（会釈）」
黒島、２人の妙な空気を感じつつ、乗り込む。

×　×　×

エレベーター内。
黒島は二階堂の脇に立ち、尾野だけが１人離れた位置にいる状態。
黒島「こないだはどうも」
二階堂「え？」
黒島「（シィーのポーズ）」

×　×　×

［回想　＃13　S37］
黒島「一緒に帰りませんか？」
二階堂「最初からなにも話さないという約束でなら」
黒島「じゃあこれで（シィーのポーズ）帰りましょう」

×　×　×

二階堂「あぁ！（声が裏返り）（咳《せき》払いをして、言い直す）いえいえ」
そんな２人の様子を見ている尾野から鼻血がツーっと垂れる。
尾野、妖気を放つような笑顔を見せながら、鼻血を手で拭く…。

7　同・地下会議スペース

住民会が開催されている。

出席者は、翔太、俊明、淳一郎、洋子、柿沼、黒島、シンイー、西村、尾野、二階堂、木下、藤井、江藤、南が参加。

人数が多いからか、二階堂と俊明は別テーブルに座っている。

藤井は深いため息をつく。翔太を見ると、目が合うが、すぐにそらす。

ホワイトボードには【町内会夏祭り・出店案】

その下の【オーガニック焼きとうもろこし】の文字に西村が○を付けながら、

西村　「えー、尾野さんのオーガニック焼きとうもろこしで決定になります、と」
一同、承認の拍手。

西村　「では、あとは会計係と調理係、それと呼び込み係を…」
洋子　「私…。あの人と同じ係は拒否します（と俊明を指す）」
俊明　「ハァ…では私はポスター係に立候補します。代わりに当日は不参加で」
洋子　「あぁ!?　私、わかっちゃったー」
俊明　「なにをですか？」

洋子「あの人、みなさんがお祭りに参加している間に、次の殺人を企てようとしています」

一同、ざわめく。

藤井「はあ？　なんの…」
木下「どういう…（意味ですか？）」
南「（ほぼ同時に）どういう意味かな？　今の詳しく」
木下「…」
洋子「つまりこの人は…」
西村「待ってください」
シンイー「待たれよ！　物騒な話はおやめなされとのお達しが、会長から出てるぞな！」
南「（構わず俊明に）ちなみに奥さんってまだ足しか見つかってないんですよね？　残りがどこか心あたりは？」
俊明「残りって、あなた…」
一同「（ドン引き）」
西村「南さん、そういった話はこの場では…」
南「いいでしょ？　みなさん、気になってんだし」
柿沼「だから、楽しく祭りの話できねぇのかよ、なあ？　ガキかよ」

シンイー「わからず屋ねぇ」
　翔太、一連の様子を見て、二階堂に目配せ。
柿沼「気になるからって時と場ってもんがあんだろ」
シンイー「その通り！　今は落ち着いてお祭りのことを考えるのが最良じゃん」
　二階堂、ＰＣをそっと開き、情報を入力し出す。
　【親密度に変化　西村・シンイー・柿沼】
淳一郎「確かに、お祭りのような非日常の祝祭空間を生み出す催しは、その準備の時間こそが至福という考え方もあります。ぜひみなさん仲良く」
南「うわぁ、あんたの話、全然入って来ないわ」
藤井「それ、新鮮なリアクションだなあ。我々はもうこれに慣れてしまいましたから」
一同「（苦笑い）」
　淳一郎、カチンときて言い返そうとするが、黒島も笑っているのを見て、言葉を飲み、
淳一郎「あぁ…いやぁまぁ…失礼しました」
　その様子を、翔太、二階堂、南、木下がめざとく気付き、それぞれの表情が微妙に変わる。

8　すみだ署・取調室

神谷と水城が早苗の取り調べを行っている。

水城「その後、あなたは403の藤井さんの部屋に侵入。部屋にあったバスタオルに山際の首を包み、洗濯機内に放置。その後回収したと。間違いないですか？」

早苗「間違いありません」

水城「でもねぇ、この時、あなたは別の場所にいたんですよ」

早苗「いいえ」

×　×　×

［回想＃2 S42］

藤井が早苗に【殺人教唆】の条文を見せている。

早苗（声）「直前に藤井さんが部屋まで来ました。聞いてください！」

×　×　×

水城「その件は確認済みです。そして、その後、あなたがすぐに部屋を出て近所のコンビニで買い物をしていたのも防犯カメラの映像で確認済みです」

早苗「…」

神谷　「旦那さんがマスターキーを盗んだのでは？　複数の住民が、ご主人が管理人室に侵入しているのを目撃してますが…」

早苗　「…」

水城　「藤井さんの部屋に侵入したのは、旦那さんですか？」

早苗　「はい、すいません。夫をかばおうと嘘をついてしまいました」

水城　「ところが旦那さんは、その時間、同僚とガールズバーで飲んでいました」

早苗　「…」

水城　「あなたが本当にかばおうとしているのは誰ですか？」

早苗、明らかに動揺し、なにかを言いかけるが…

水城・神谷　「…（答えが聞けそうだと固唾をのむ）」

早苗、スッと蝋人形に戻る。

水城　「またそれですか」

9　キウンクエ蔵前・地下会議スペース

住民会が続いている。ホワイトボードには以下の文字。

【調理係／シンイー・柿沼・藤井・江藤・南】

【会計係／黒島・石崎・木下】
【呼び込み係／手塚・二階堂・尾野】
【ポスター・事前準備／児嶋・西村・田宮】

西村　「各係、交代制でお願いします。時間配分はそれぞれで…」
南　「その前に、調理方法教えてもらえます？」
藤井　「ただ焼くだけでしょ？」
南　「でもオーガニックの部分はなんなんです？」
西村　「尾野さん？　説明を」
　尾野、じっと黒島を見ていた。
黒島　「（視線に気付いて）…？」
西村　「尾野さん？」
尾野　「え？」
木下　「普通のとうもろこしとなにが違うのかご説明を」
尾野　「あぁ…農薬とか化学肥料を使ってないだけですよ。最近はあの肥料とか使ってるもの多いですから。ほら、セシウムの吸収を押さえるやつ…」
洋子　「あなたがわからないんじゃ、ねっ、誰も…」
尾野　「あっ、塩化カリウムだ」

翔太・二階堂「…⁉」

× × ×

[回想 #11 S15]

神谷「殺害に使われた毒物は『塩化カリウム製剤』だということがわかりました」

翔太「尾野さんって肥料とか詳しいの？」

尾野「個人的な質問に答える義務ありますか？」

一同「…」

翔太「…」

南「まぁ、肥料としては、ネットでも手に入るような安全なものですよ。ただ、塩化カリウム自体は、動物の安楽死とか、アメリカだと死刑執行にも使われる薬物です…よね？　ドクター藤井」

藤井「えっ？　ええ…」

二階堂「…（PCに入力）」

翔太「南さん、詳しいんですね」

南「詳しいですよー。実は私…」

洋子「（突然二階堂に）あなた！　さっきからなにやってるの⁉」

× × ×

一同　「（二階堂に注目）」

二階堂　「あぁ…。議事録をとってます」

洋子　「なんのために？」

二階堂　「…」

尾野　「私のせいです。私が、〝臨時の住民会が多すぎる〟っていう愚痴を言っちゃったから、会議が1回でまとまるようにって」

二階堂　「あー…はい」

尾野　「ごめんなさい、私のために…」

10　同・地下会議スペース

住民会が続いている。

西村　「では、今日の住民会はここまでで」

翔太　「あの！（立ち上がり、袋に入った石崎の紙を見せ）これは石崎さんの名前が書かれた紙です」

洋子　「それっ！」

翔太　「捨てられていたところを木下さんが発見しました」

木下「…」

翔太「誰が引いたものか、知りたいんです」

南「ちょっと見せてもらっても…」

と、手を伸ばすが、翔太はさっと手を引き、

翔太「正直に答えてもいいんじゃないですかね？　石崎さんは無事ですし、疑われませんよ」

淳一郎「まぁ確かに」

翔太「警察に指紋も調べてもらいました」

一同「…」

翔太「この紙に残っていた木下さん以外の指紋は、北川さん、久住さん、管理人さん、…田宮さん。藤井さん。尾野さん…の6人です」

困惑する淳一郎と藤井。

涼しい顔の尾野。

それらを見る、二階堂、南、木下…。

藤井「紙を引く時に、缶に手え入れたろ？　そん時に、触っちゃっただけだろ」

尾野「っていうか管理人さんなんじゃないですか？」

翔太「まあ、その可能性もあるんですけど」

尾野「石崎さんが自分で書いたって最初に言ったのいつでしたっけ？　その時から誰も名乗り出ないのは、その時点でもう死んでた人が引いたんですよ」
藤井「うん…」
一同「…」
南「…（一同の様子を伺《うかが》っている）」

11　同・502号室・南の部屋・リビング

南が部屋に戻ってくる。

先ほどまでとは違い、暗く疲れた表情。

床に座ると、頭を抱えてため息をつく。

と、携帯に着信が。相手は誰だかわからない。

南「はい、…あぁ、大丈夫ですけど、まだなにも。ええ…なんか住人全員変人でして。普通引っ越しますよねぇ…」

話の途中から、なぜかカメラは固く閉ざされた寝室の扉を映し出すが…。

12　同・302号室

翔太、黒島、二階堂がボードを見ながら会話中。

翔太　「じゃあ尾野さんのこと信じるの？」

黒島　「信じるっていうか、一理あるなと思いました」

二階堂　「うん」

黒島　「（【石崎洋子】の紙を指し）隠す必要がない紙なので、やっぱり前の管理人さんが引いたんじゃ…」

翔太　「くっそ！　なにも進まない…」

翔太、歯がゆさで本棚を殴る。

黒島、表の管理人の引いた紙の欄に、【石崎洋子】と書きながら、

黒島　「そんな…。一歩、一歩、進展してますよ」

翔太　「ごめん…」

二階堂　「…（じっと翔太を見ている）」

13　すみだ署・取調室

神谷と水城による早苗の取り調べが続いている。

水城「旦那さんではないとすると、もはや1人しかいないんですけど」

早苗「と、言いますと?」

水城「(咳払いして) 総一君ですよ」

早苗「(動じず) 総ちゃんは監禁されていました。手錠でつながれていました。どうやって外に出たのでしょうか?」

水城「ですからそれを…」

早苗「(突如激高) 違う! 違う違う違う…総ちゃんじゃ…、総ちゃんじゃなーい!」

水城「あの…」

早苗「違う! 違う! (と突然おでこで机をガンと叩き、顔を上げ) 違う! 違う違う違──う! 貴様は刑事失格だ! 代われ、代われ!」

水城「ちょっと落ち着いて!」

早苗「(神谷に) こいつに…こいつにやらせろ!」

神谷「落ち着いてください」

早苗「代われ代われ代われ代われ代われ代われ！」
神谷、慌てて早苗を押さえにいく。

14　キウンクエ蔵前・エレベーター内

黒島がエレベーターに1人で乗っている。
黒島「…」
なにやら考えごとをしている。
2階に着き、ドアが開く。と、総一が立っていた。
黒島「総一君」
総一「今、部屋に行ったところ」
と言って、本を差し出す。【宮沢賢治全集7】（銀河鉄道の夜・第三次稿が掲載されているもの）
総一「これ、返そうと思って」
黒島「あぁ、いいよ、あげる。もともともらい物だし、字、苦手だから」
総一「じゃあ」
総一、エレベーターに乗り込む。

15　すみだ署・取調室

早苗は留置場へ戻され、神谷と水城が会話している。

水城「これ、可能性でいうと息子が最有力になっちゃうなぁ」

神谷「だとして、無理矢理やらせたのか、自発的にやったのか」

水城「首パッタイを持ち歩く14歳か…」

16　キウンクエ蔵前・2階エレベーター前

エレベーターに乗り込んだ総一を見送る黒島。

そのままドアが閉まるかと思いきや、

総一、ガッとドアに手を突っ込み、開ける。

黒島「…?!」

総一「（本を掲げて）ありがとうございます」

黒島「（やや怯えながら）ううん…」

17　同・304号室・二階堂の部屋（夜）

二階堂がPCの前で作業中。画面には菜奈の写真。ふと手を止めて…、

二階堂「…」

×　×　×

［回想　＃13　S17］

翔太「『菜奈ちゃんだなぁ、幸せだなぁ』って。何回抱きしめても、また抱きしめたいって思うんだよ。そんな人に出会えるって、すごい幸せなことだよ」

×　×　×

［回想　＃12　S12］

二階堂・黒島「（同時に）フィボナッチ」

×　×　×

［回想　＃13　S37］

翔太（声）「その話はたぶん恋だね」

黒島「これで帰りましょう（シィーのポーズ）」

×　×　×

二階堂、ため息をつき、作業を再開。

18　同・302号室（日替わり・朝）

翔太がソファーで寝ている。ダーツの的の真ん中に、矢が数本刺さっている。夜中まで練習していたようだ…。

と、二階堂（登録名〝どーやん〟）から着信が。

翔太「どうしたの？」

×　　×　　×

リビングに、翔太、黒島、二階堂が揃っている。

ダーツの矢はまだそのまま刺さっている。

二階堂、PCを操作しながら、

二階堂「あくまでも現状での結果ですが、ちょっと面白いのが出ました」

翔太・黒島「…（「面白い」という言い回しが引っかかる）」

二階堂「やはり赤池夫婦と浮田さん、菜奈さんを殺害したのは同一人物の可能性が高いみたいです。そして、交換殺人との関連性は薄いようです」

翔太「でもさその4人全員を殺す動機がある人なんかさ…」

二階堂「いないでしょうね。なので、犯人は快楽を求めて殺人を犯す嗜好《しこう》の持ち主かと」

二階堂、ＰＣの画面を２人に見せる（まだ映らない）。

二階堂「その点から住民たちのデータを分析すると…」

翔太「…」

黒島「えっ？」

二階堂「イコール実行犯、とは断定できませんが、これはかなり高いパーセンテージです」

画面が映ると【Ｍａｔｃｈ（75・３％）榎本総一】の文字。

翔太・黒島「…」

19　交差点

登校中の総一が、横断歩道で立ち止まる。

横に通勤途中の女性。

総一、小さい声でなにか呟《つぶや》き始める。

女性「…（気になるが聞こえない）？」

総一「（小声で）わっしょい、わっしょい…、わっしょい、わっしょい…」

信号が青になり、女性、小走りで渡っていく。

その後ろ姿をじっと見ている総一。

20　キウンクエ蔵前・302号室

翔太、黒島、二階堂の会話が続いている。

黒島「確かに総一君は少し変わってるというか、今でも本当にあの部屋から逃げられなかったのかなとか、あの時」

×　×　×

[回想 ＃10 S9 マンション前の路上（夜）]

黒島（声）「私になにをして欲しかったのかとか」

黒島が歩いていると、目の前に光の玉が移動する。

見上げると、総一らしき人影がさっと隠れた。

×　×　×

黒島「いろいろ考えるんです。ただ…」

×　×　×

[回想 ＃12 S36]

総一が猫を抱いている。

黒島（声）「こないだも、猫が死んじゃってて」

×　×　×

黒島「それを抱いて、病院行こうとしてたんです。すごい優しい子だなって…」
二階堂「それ、その子が殺したんですよ」
黒島「え？」
二階堂「殺人犯が、事件を起こす前に、動物に危害を加えてる比率はかなり高いですから。（入力しながらニヤニヤと独り言）よぉし、いい感じだ…（とPCを撫《な》でる）」
翔太「…」
黒島「（翔太の気持ちを察しつつ）あの…私、納得できません」
二階堂「いや…」
翔太「確かに変なこと多いよね。そもそも総一君はさベランダにいたんでしょ？　俺達が監禁された時は、手錠されてたのに」
黒島「…」
翔太「それに…」

×　×　×

［回想　♯10　S35］
翔太（声）「絶対開けるなって言って置かれてたクーラーボックスに…」
翔太「…（なにか気になる表情）」
翔太、足でボックスの蓋を閉め、再び開ける。

翔太「鍵もなにもついてなかったのが気になってたんだよね」

×　　×　　×

黒島「でも、菜奈さんが殺された時、総一君は施設にいたんじゃないんですか？」
翔太「それは…そうだね」

21　同・共同ゴミ捨て場

木下がゴミ袋を開けながら電話している。
木下「それはわかりますけど、もう少しだけ待ってもらって…。今度こそ、尻尾がつかめそうな奴がいるんで…。あっ（電話が切れた）。ちょっと…。ハァ…」

22　スポーツジム（昼）

翔太が桜木のトレーニングをしている。
翔太「…」
相変わらず考えごとをしている翔太。桜木は黙々とハードな筋トレを続けている。
翔太「（ハッと気付いて）ちょっ…桜木さん、ストーップ！」

桜木　「大丈夫です、まだ行けます！」
翔太　「(器具を押さえて) いやいや！　やりすぎです…。止めます、止めます」
桜木　「(ボソリと) やりすぎるくらいじゃないと…」
翔太　「…？　なんかあったんですか？」
桜木　「あの…。手塚さんって殺したい人いますか？」
翔太　「え？」
桜木　「今、職場でウジウジしすぎてて殺意を覚えるぐらいの男がいて。こうでもして発散しないと、本気であれなんで…」
翔太　「あ…これで発散できるなら、もう1セットぐらい行っときます？」
桜木　「いや聞いてくださいよ。そもそも私の職場って…」
桜木、藤井の愚痴を続けている。

23　国際理工大学・カフェ

二階堂がカフェテラスで栄養ゼリーをくわえながら、ＰＣをいじっている。ＰＣの向こうに鞄がある。そこへ黒島がトレーにラーメン・チャーハン・餃子のセットを持って、やってくる。

黒島　「今朝の言い方はないと思います」

二階堂「えっ？　あぁ…今、ちょっと忙しいので」

黒島、トレーを持ったまま手で鞄をどけて座り、

黒島　「翔太さんの前で、犯人捜しを楽しむような態度はどうなのかなって」

二階堂「そんなふうに見えました？」

黒島　「見えましたよ。（怒った調子のまま）いただきます」

二階堂「すいません、気をつけます」

黒島、餃子をいっぺんに2つ箸で持って食べ始める。

二階堂、豪快な食べっぷりに、驚く。

黒島　「二階堂さんは知らないと思うんですけど、翔太さん、以前はもっと、ずっと明るい人で」

二階堂「（じっと黒島を見ている）…」

黒島　「私、少しでも元の翔太さんに戻って欲…、なんですか？」

二階堂「あっ、いや…。すごい、食べるんだなぁって…」

黒島　「え？　あぁ…（照れ笑い）課題してたら血糖値下がっちゃって」

二階堂も笑い、2人で笑い合う。

黒島　「そんな見ないでください」

二階堂「あぁ…いや、すいません」
その様子を、カフェの隅で内山が微笑みながら見ている。微笑みながら、なくなったジュースをストローでズゴゴゴゴと吸っている。

24　とある公園

澄香がベンチでPCを打っている。
声（水城）「北川さん？　ちょっとよろしいですか？」
澄香が顔を上げると、神谷と水城が立っていた。
澄香「あっ、刑事さん」
水城「交換殺人ゲームの件で」
澄香「解決しそうなんですか？」
水城「いえ…えーっと…。あっ、お子さん、ご一緒ですか？」
澄香「ええ」
神谷、あたりを見回す。と、そらが総一とサッカーしているのが目に入る。

×　×　×

［回想＃10 S38］

神谷　「決断は早い方なんです」

黒島　と言って、いきなり黒島のみぞおちを殴る。

　　　「うっ！」

　　　神谷、ベッドの隅で震えている総一に気付く。

×　　　×　　　×

神谷　「…！（思わず背を向ける）」

水城　「あれ、あの子…」

澄香　「少しなら大丈夫ですよ。協力したいですし」

水城　「ありがとうございます」

神谷　「なにか飲み物買ってきますね」

水城　「はあ？」

　　　神谷、小走りに去っていく。

×　　　×　　　×

　　　数分後。澄香と水城がベンチに座って会話している。

水城　「児嶋さんとは以前からトラブルがあり、つい名前を書いてしまったと」

澄香　「はい。ただ、誰が私の紙を引いたかまでは…」

水城　「えー、ゲームを利用して、あなた自身が、児嶋さんを殺害したとも考えられますが、5月21日の夜は？」

澄香「あぁ…。（手帳を開き）あぁ夜は生放送中でした。放送時間の前後も局にいましたから、調べてもらえば」

水城「なるほどー。脅迫文のようなものが飛び交っていたという情報もあるんですが」

澄香「私のところには…」

水城「（メモをして）〝脅迫はなし〟…、と」

と、総一とそらがやって来て、

そら「ねぇ、お兄ちゃんのお家に行っていい？」

総一、水城に会釈。水城も応える。

澄香「えーご迷惑でしょ。うちに来てもらったら？」

そら「じゃあ、まだ公園で遊ぶ」

そら、再び広場の方へと走っていく。

総一「あの…僕が保護された時、いましたよね？」

水城「あっ、うん。すみだ署の水城です」

総一「お母さんに伝言頼めます？　僕、元気だって」

水城「わかった。ちゃんと伝える」

総一「学校にも慣れたし、実験とかいろいろ頑張ってるって」

総一、それだけ言って、そらの方へと走っていく。

澄香　「偶然、この公園で会ったんですけど、榎本さんのお子さんなんですよね？」

水城　「えぇ、まぁ…。事件のことは？」

澄香　「連日、ニュース原稿を読みましたから」

水城　「あぁ…」

澄香　「でもすごく素直な子で、ほっとしてます」

一方、公園の隅で、ジュースを抱えた神谷が、困り顔で、一連の様子を見ていた。

神谷　「あのガキ…。なんでここにいるんだよ」

25　警察病院・久住の病室（夜）

翔太が久住に会いに来ている。久住、少しボーッとした表情。

久住　「本当にすいません、たびたび来てもらっちゃって」

翔太　「いえ…〝手塚菜奈〟について思い出しましたか？」

久住　「…」

翔太　「じゃあ赤池さんは？　浮田さん？　みんな、同じ犯人に殺されてる可能性があるんですよ」

久住　「うぅ…」

翔太　「じゃあ〝細川朝男〟は?」

×　　×　　×

[回想 #6 S9]

翔太　「この人のこと間違っても、殺しちゃダメですよ」

×　　×　　×

久住　「断片的ですが思い出したことがあるんです」

翔太　「はい」

久住　「広くて明るい場所で、僕がゴルフのスイングをしてるんです。その時、2人の女性に声をかけられて」

翔太　「それが菜奈ちゃん?　もう1人は?」

久住　「いえ…。RIKACOさんと松下由樹さんです」

翔太　「は?」

久住　「それで、どうしてアピールパフォーマンスがゴルフのスイングなのかって聞かれて…」

翔太　「(がっかりして)…それ多分、ジュノンスーパーボーイのコンテストの話ですよね?」

久住「そうです！　あの２人が審査員で…」
翔太「久住さん！　あなたは袴田吉彦じゃないんですよ！」
久住「じゃあ…。…（はっと我に返った顔をするが）あのグランプリもなし？」
翔太「…」

26　同・病室前廊下

翔太がガックリした表情で病室から出て来る。
翔太「ハァ…」
声（看護師）「手塚さん？」
声をかけてきたのは、♯10　S51の看護師だった。

×　×　×

廊下の長椅子で会話する２人。
翔太「つまり僕が目を覚まして、すぐに菜奈ちゃんに電話したんですよね？」
看護師「はい。その時は〝すぐ行きます〟と仰ったので、引き継ぎだけして、私は先に上がったんです。でも次の日、出勤したら、まだ奥様がみえてないって聞いて…」

×　×　×

［ナースステーション］

看護師が菜奈に電話している。菜奈の声で留守電のメッセージが流れている。

菜奈（声）「ただ今電話に出られません。お仕事をご依頼くださる方は…」

× × ×

看護師「留守電にメッセージだけ残したんですが、後で聞いたらその時にはもう…」

翔太「菜奈ちゃんには、会いましたか？」

看護師「もちろん」

× × ×

［病室　翔太の目が覚める前］

意識不明の翔太の横で、菜奈が座ったまま寝ている。看護師がやってきて、

看護師「奥さん…？」

菜奈「あ…はい」

看護師「横になって休まないと、旦那さんが目を覚ます前に、奥さんが倒れちゃいますよ」

菜奈「（頭を下げて応えるが）でも…目を覚ました時に、そばに誰もいなかったら、翔太君さみしがると思うので」

× × ×

看護師「ずーっと、手、握ってらっしゃいました」

翔太「…」
翔太、黙って涙を堪《こら》えている。

27 同・久住の病室

久住がドアに耳を当て、廊下の様子を伺《うかが》っている。先ほどまでとは違い、精悍《せいかん》な表情。
久住「…聞こえないよ」
と、人の気配を感じ、素早くベッドに飛び乗り、ボーッと部屋の片隅を見ている。すぐに看護師が入ってきて、
看護師「久住さん、失礼しまーす。お薬ちゃんと飲みましたか？」
久住「…」

28 道〜食肉加工場・裏口

クーラーボックスを担いだ佐野が歩いている。そのまま食肉加工場へ裏口から入っていく。と、遅れて木下が現れ、中へ入ろうとする。
声「ちょっと！」

声がして、振り返ると蓬田が立っていた。

蓬田「やばいっすよ、あかねさん」

木下「つけてたの？」

蓬田「はい。あかねさん、後ろからみると尾行しやすくて」

木下、前から見ると真っ黒な服だが、後ろから見ると真っ赤なラインが２本入ったデザインの服。

木下「帰って」

蓬田「いや、犯罪になっちゃいますから」

木下「本にしたら盛り上がるから、このシーンは」

蓬田「侵入したていで書けば…」

木下「私は、ノンフィクション作家だから！」

木下、中へ入ろうとする。

蓬田「ダメですって…よいしょ…！」

蓬田、木下を羽交い占めにして止める。

木下「離して！」

蓬田「静かに」

木下「離して…！」

29 キウンクエ蔵前・103号室

淳一郎がソファーで携帯をいじっている。

キッチンでは君子が洗いものをしている。

淳一郎、君子を気にしつつ東とメールのやりとり中。

東の自撮りの画像と共に『お仕事休憩中だぁ。淳さんに会いたいぃ』というメール。

と、インターホンが鳴る。淳一郎は動かない。

君子、「やれやれ」と言った顔で、モニターで応答。

君子「はい?」

宅配業者(内山)「宅配便です」

君子「どうぞー」

モニターにエントランスの様子が映る。

帽子を目深にかぶった宅配業者。君子、玄関へ。

その間、淳一郎は素早く自撮りし、返事を打つ。

『私はソファーでゴロゴロ中です。あなたとゴロゴロしたいという希望があります』と、君子が戻ってきて、宅配便の紙袋から出した【お中元】ののしがついた小さな箱を置く。

君子「あなた宛でしたよ」

淳一郎「あ…そう」

淳一郎、箱を開けようとして、携帯を机の上に置き、慌ててポケットに入れる。

君子「…（怪しいと思っている）」

淳一郎、箱を開ける。

淳一郎「これは…」

中には、血だらけの【甲野】と書かれた名札が。

× × ×

〔回想 ♯8 S26〕

淳一郎「部下の甲野貴文という男の名前を書きました」

× × ×

〔回想 ♯8 S46〕

翔太「こうのさん!!」

吐血しながら、そのまま倒れる甲野。

× × ×

君子「なんですか？　それ」

淳一郎「なんでもない。……！」
淳一郎、慌てて差出人を確認するがタイプされた文字で【同上】と書かれている。
すぐにモニターの画像を確認。ドアホンの画像も見るが、ここも帽子を目深にかぶった男。口元は微笑んでいる…。

×　×　×

［インサート　エントランス］
去っていく、黒いスニーカーの足元。

×　×　×

君子「まさか、これ…甲野さんの名札ですか…？」
淳一郎「そのことは忘れなさい」
淳一郎、モニターの画像を携帯で撮り、その後、モニターの画像は削除する。
が、君子、その間に、淳一郎の携帯を奪う。
淳一郎「あっこら！」
君子、素早く写真ホルダーを確認。
淳一郎と東の、アプリで盛ったツーショット画像が何枚も出てくる。
君子「…気持ち悪い！」
淳一郎「違うんだ！　次の芝居で高校生役をやるにあたって…」

君子「浮気ですね？　離婚ですよ。慰謝料の計算を…」
淳一郎「君子、あの！」
君子「徹底的にやりますからね。まずは今すぐこの家を出て行き、しかるべきタイミングでのたれ死んでくださーい！」
淳一郎「はぁ…！」

30　同・302号室

翔太と二階堂が鍋を食べている。

翔太「じゃあ、黒島ちゃんに怒られたんだ」
二階堂「はい。僕、そんな失礼でした？」
翔太「うん。失礼だね」
二階堂「…」
翔太「だってあれでしょ？　黒島ちゃんとランチしたことを黙ってたってわけでしょ？」
二階堂「いや、なんでそれが？」
翔太「俺に恋愛相談しておいてさ、その後の進展、話さないのは失礼だよ」
二階堂「恋愛相談なんてしてませんよ」

翔太　「キスした？」
二階堂「いや、してません」
翔太　「いつすんの？　今度のお祭り？」
二階堂「しませんから！」
翔太　「（笑って）そんなにね、ムキになったら、あっ、本気で好きなんだなっていうのがバレバレだよ」
二階堂「…」
翔太　「ハハハハ…！　図星じゃん（と言ってさらに笑う）アハハ…涙できちゃった…」
二階堂「笑いすぎですよ」
翔太　「うん…ハハハハ…うん（涙が止まらない）あぁ…」
二階堂「…（異変に気付いて）あの…？」
翔太　「ごめん…楽しいことあるとさ、すぐに菜奈ちゃんのこと思い出しちゃうんだよね」
二階堂「…」
翔太　「ごめん…」

×　×　×

二階堂が帰り、食器の片付けをしている翔太。
翔太　「…」

洗い物を終え、散らかった部屋を片付けようと、洗濯物を持ってクローゼットの前へ。

×　×　×

［回想＃13 S17］

翔太「少しずつ、この部屋から、菜奈ちゃんの匂いが消えてくの怖いんだよね。クローゼットなんか、いまだに開けられないもん、俺」

×　×　×

思い切って扉を開ける。息を吸い込む翔太。

翔太「…菜奈ちゃんの匂い…」

と、足元に完成しているパズルが置かれている。

翔太「…」

×　×　×

［回想＃1 S5］

翔太がパズルを壊す。

菜奈「あっ…！」

翔太「1年あれば、あっという間に直せる！」

×　×　×

翔太「直すって言ったのに、菜奈ちゃん、いつの間に…」
翔太、パズルをクローゼットから取り出し、部屋の壁に飾る。パズルの中に、1ピースだけ不自然なピースが混ざっていることに、翔太は気付かない…。

31　すみだ署・資料室

神谷が1人でPCの前でなにかを調べている。
開いたファイルのページには、
【小学校でニワトリ大量死】の新聞記事が。
神谷「…」
続いて総一の資料をめくる。総一のいた小学校の名前を確認する神谷。

32　キウンクエ蔵前・402号室・早苗の部屋

暗いキッチンで、鍋でお湯を沸騰させている総一。

傍らの金魚鉢に手を入れ、金魚を追い回すようにかき回しながら、Eテレ風ソングを歌う総一。

総一「♪僕ら理科の子、科学の子／今日もみんなで／実験の時間だよー／イチ、ニ、サン、シ、ニ、ニ、サン、シ／僕ら理科の子、科学の子／今日もみんなで…」
それを戸の陰から目撃する、寝起きの正子…。

33　神社の境内・キウンクエの出店前（日替わり・昼）

夏祭り当日。会場に大勢の人々が集まっている。
が、『オーガニック焼きとうもろこし屋』はヒマ。
柿沼と江藤と変わった柄の浴衣を着たシンイーが店番をしている。
シンイーはとうもろこしを勝手に食べている。

尾野「オーガニックですよ。化学肥料や農薬は一切使用しておりません」
柿沼「おいおい…」
江藤「…ヒマですね」
柿沼「こうなることわかってたけどよ」
シンイー「手下2号も食うか？」
柿沼「柿沼な！」
出店の前では、浴衣姿の尾野が

尾野　「とうもろこしはいかがですかー？　身体にいい波動が入ってきますよぉ。アハハ……！」

柿沼　「いや怖ぇぇよ」

　尾野が声をかけている。が、みんな避けていく。

34　同・別エリア

　翔太、黒島、二階堂が会場を散策している。3人は輪投げをしている。

男性　「はい、がんばって」

翔太　「よっしゃ！　じゃあ俺からね。ほっ」

男性　「おー」

翔太　「ほっ、ほっ！　よっしゃ！　おっちゃん、俺それがいい」

男性　「はい、おめでとう！」

翔太　「ありがとう」

　翔太、輪投げを成功させ、景品を取る。

黒島　「えーすごーい」

翔太　「イエーイ。（景品を見せ）欲しい？」

黒島「え、いいんですか？」
翔太「これはね、どーやんが取ってくれるよ」
二階堂「いや、それをあげればいいじゃないですか」
翔太「はいはい……どーやんの番、あっ、ちょっと待って…。（わざとらしくスマホを見て）あっ、俺、呼び込み係交代の時間だ。ごめん行くね。あと2人で」
黒島・二階堂「え？」
翔太、ニヤニヤしながら去っていく。
黒島・二階堂「…」

35 すみだ警察署・取調室

神谷と水城が、早苗の取り調べをしている。先日の件があってか、神谷が担当し、水城は少し離れた場所に座っている。
神谷「今日は山際の件については聞きません。容疑者としてではなく、母親として、なにか今、不安に思うことはありませんか？」
早苗「総ちゃんは？」
水城「お母さんに会いたがってましたよ」

早苗　「会ったんですか？」
水城　「なんだっけな、科学の授業のことかな。実験を頑張るとかって、はりきってました よ」
早苗　「…!?（突然顔色が変わる）」
神谷　「実験と言えば、総一君は以前、学校で飼育していた…」
早苗　「（突然大声で）♪僕ら理科の子、科学の子／今日もみんなで／実験の時間だよー／イチ、ニ、サン、シ、ニ、ニ、サン…／僕ら理科の子、科学の子ー！」
神谷・水城　「…？…？…？」

36　神社の境内・それぞれのエリア

澄香とそらが手を繋いで歩いている。

そら　「あっ、いた！」
澄香　「あぁ…」
そら、走り出す。その先にいるのは総一だ。
総一　「（澄香に）こんにちは」
澄香　「こんにちは。今日はありがとね。あっお小遣いは鞄の中にいれてあるから。なにか欲しがったら、それ使って」

総一「はい」

澄香「あとそれから、これ、総一君の分」

と、ポチ袋を渡す。

総一「あ、すいません、ありがとうご（ざいます）」

そら「（言い終わらないうちちいに手を引いて）行こうよ！」

澄香「行ってらっしゃーい。ハハハ…」

そらと総一、人混みの中に消えていく。

×　　×　　×

一方、境内の別の場所で、黒島と二階堂がフラッペを食べながら歩いている。

黒島「（手にした景品を掲げ）得意なんですね、輪投げ」

二階堂「いや…まぐれです」

黒島「まぐれならなおさら貴重ですね。嬉しいです。あっ…」

黒島、突然倒れ込む。

黒島「痛っ…」

二階堂「大丈夫？」

見ると、黒島の下駄の鼻緒が切れている。

二階堂「切れてる」
黒島「うっ…！　ちょっとひねっちゃったみたいです…」

37　神社近くの路上

二階堂が黒島をおんぶしながら歩いている。
黒島「なんか…すいません」
二階堂「いえ…」
それを物陰から見ている尾野…。
口のまわりをベタベタにしながらあんず飴を食べている。血のようで怖い…。

38　すみだ警察署・取調室

神谷と水城が正志の取り調べをしている。
正志「妻がですか？」
神谷「ちょっと疲れがたまってたみたいで」

×　×　×

［インサート　留置場］

神谷（声）「まぁその後は笑ってらしたんで、大丈夫かとは思いますが」

大丈夫じゃない感じで、クスクス笑っている早苗。自分の手で往復ビンタをしている。

×　×　×

水城「なにかがツボに入ったんでしょうね。〝実験〟かなぁ？」

正志「実験!?」

水城「えぇ、総一君からの伝言で、〝実験頑張る〟と伝えたら」

正志「〝頑張る〟!?」

水城「なんですか？」

正志「ダメだ」

と、思わず立ち上がる。

神谷「あの…」

正志「神谷、総一を捕まえてくれ」

神谷「はい？」

正志「もうダメなんだって！　逮捕してくれよ！」

水城「そんな突然、なんの容疑で？」

正志　「総一は…総一は…。普通の子じゃないんだよ」

×　×　×

[回想]

♯10　S11と同じ横断歩道。総一が同級生達と仲良く帰宅中。
一同、楽しく話しているが、総一だけは歩行者信号が赤であること、後ろからトラックが近づいていることを確認…。

総一　「…（小声で）わっしょーい」
と言いながら、同級生の肩に手をかけ、車道へ押す。トラックが近づいてきて…。

同級生　「…！」
それは♯10で総一が語った話と逆の立場。

×　×　×

正志　「ふざけているうちに起きた事故だと思ったんだ。でも一緒にいた子達がみんな…あれはわざとだと。まさかと思いつつ問い詰めたら…」

×　×　×

[回想　3年前　当時の家のリビング]
早苗、正志、総一が会話している。

正志　「実験？」

総一「そうだよ実験だよ！　見てみたかったの。人が死ぬところ」
早苗・正志「…（愕然とした表情で顔を見合わせる）」

×　　×　　×

神谷・水城「…（驚いている）」
正志「前兆はあったんだ。実はその少し前に学校の…」
神谷「ニワトリを殺してしまったんですね」
正志「…（知ってることに一瞬驚くが、うなずく）」

39　神社の境内・キウンクエの出店前

出店は調理係が藤井、浴衣の妹尾、南に。呼び込み係が翔太に代わっている。
翔太「いかがですかぁ、おいしいですよぉ。オーガニック焼きとうもろこしでーす！」
妹尾「（南の手際を見て）…手際いいな、やるじゃん」
南「どうも」
妹尾「（藤井に）お前は手際よすぎて、むかつくな」
藤井「なんでだよ」
翔太「おいしいですよー！」

40　すみだ警察署・取調室

神谷と水城による正志の取り調べが続いている。

正志「他にも虫やら野良猫やらに危害を加えることが繰り返されて。妻は、このままじゃまたクラスメイトになんかしでかすかもって、おかしくなってってって…」

×　　　×　　　×

［回想　当時の榎本家・リビング］

早苗が総一の首を絞めている。

総一「あぁ…！　あぁ…！」

帰宅してきた正志が気がついて、慌てて止める。

正志「お前、なにやってんだよ！　やめなさい！」

早苗「総ちゃん殺して、私も死ぬの！」

正志「早苗！」

総一「無理だよ。人を殺したりできないでしょ。お母さんには」

正志「…！」

正志（声）「狂っている息子と狂っていく妻に挟まれても」

正志「…俺はまだ自分の保身ばかり考えていた。総一がなんか起こしたら、私の出世はなくなる、と」

神谷・水城「…」

×　×　×

[回想・#Hulu]

キウンクエ蔵前に早苗と正志が、段ボール箱に総一を乗せてやってくる。

正志(声)「それで妻の狂った提案にものって、総一を世の中から隔離して育てていくことにしたんだ…」

×　×　×

正志「ただ、この計画はあっという間に破綻した」

×　×　×

[回想　402号室]

早苗が買い物から帰って来ると、部屋に床島が上がり込み、棚を動かしているところだった。

床島「おう」

早苗「管理人さん…!?」

床島「ペット飼ってるって噂聞いたんで、見に来たんですけどね」
早苗「いやいや…！　あの、いや…そんななにもなにも…！（と慌ててリビングへ）」
床島「なんだろうね、ここ」
早苗「ちょっとすいません…！　お願いします！　開けないで…」
床島、構わず棚をどかしきり、止めようとする早苗を片手で制して、錠をはずす。中には総一が…。
床島「おっと…大型犬ですか」
と言って写真を撮る。
早苗「はぁ…」

×　×　×

正志「なにか事情があると察しやがったんだな。口止め料を要求されて、渋々従ってるうちに、例のゲームで、妻がつい【管理人さん】って書いたら、本当に殺されて…」

×　×　×

［回想 ＃Ｈｕｌｕ（手元のみ新撮）］
正志(声)「その後、ゲームの続行を強要され…」
買い物から帰ってきた早苗が封筒を開けると、総一の写真と【やることをやれ】

という一文。

早苗「…⁉」

水城「待ってください！　すごい大事なことを、バンバン話してますけど…えぇ⁉」

×　　×　　×

41　キウンクエ蔵前・202号室・黒島の部屋前

ドアの前で二階堂が立っている。

と、ドアが開き、

黒島「ごめんなさい、お待たせしちゃって」

と黒島が出てくる。

二階堂「？」

黒島、浴衣から普通の服に着替えている。

足首にシップ。

黒島「あの…なんか、急に早川教授から呼び出されちゃって…」

二階堂「あぁ…。（足を見て）でも大丈夫？　送ろうか…？」

黒島「（笑って）大丈夫です」

42　すみだ警察署・取調室

水城　「つまり何者かに総一君の件をネタに脅迫され…」
正志　「それで妻は自分が引いた紙に書いてあったドクター山際を…」

×　　×　　×

道路脇に止まっている山際の車。誰かを待っている様子。
と、早苗の車が近づいてくる。早苗、車を山際の車の前に止める。
早苗　「すいません」
山際　「…なんでしょうか？」
早苗　「そこで犬轢《ひ》いちゃって…」
山際　「私に言われても…」
早苗　「でもお医者さんですよね？　テレビでよく…」
山際　「まぁ…わかりました」
山際、早苗に促され、渋々、車のトランクを覗く。
犬のぬいぐるみがあるだけ。
山際　「えっ？」
早苗が後ろからハンマーを振り上げる。

正志　「…ここまでが妻が1人でやったことだ」

×　×　×

［回想　伊勢原市の山中］

早苗と正志が車のトランクから、布団圧縮袋に入った山際の遺体を下ろす。

そしてすでに掘ってあった穴の中へ…。

正志（声）「気づいた時には、もう協力せざるを得ない状況で…」

×　×　×

正志　「それで事が済んだと思ったら、今度はあいつ、1人で罪を背負うのに耐えきれず、共犯者を増やそうと…」

×　×　×

［回想　＃2 S40］

桜木が封筒を置いて去っていく。中から、【あなたの番です】と書かれた記事。

藤井　「うわ！」

正志（声）「藤井を脅し始めたんだ。自分が脅された時と同じように…」

×　×　×

神谷　「事件について自供していただくのはなんら構いませんが、それと総一君の関わりは…？」
正志　「だから…。山際の身元確認を遅らせるために持ち帰った首を、あの子は勝手に持ち出したんだよ」
神谷・水城　「…」
正志　「生首でもなんでも平気で扱う子なんだって！」
水城　「とりあえず保護者に連絡！」
神谷　「はい」

43　夏祭り会場

総一が手を引いて歩いている。
早苗(声)「総ちゃーん」

44　すみだ署・留置場

笑い続けている早苗が、なにかを口に運んでいる。
早苗　「総ちゃん…」

よく見ると、それは布団の中綿であることがわかる。

早苗「1人で実験嫌だよねぇ…。ママも実験するよぉ…。ウフ…フフフフ…！」

45　神社の境内・キウンクエの出店前（夜）

二階堂が1人で出店の前に戻ってきた。
と、出店の前に、翔太、藤井、妹尾、南に、さらに澄香（電話中）の姿が。
澄香がなにやら慌てている。

澄香「時間になっても戻って来ないんですよ。はい2人です。5歳と中学生の男の子で」
二階堂「あの…？」
翔太「どーやん！　そら君見た？」
二階堂「そら君って？」
翔太「あっ、じゃあ総一君は見た？」
二階堂「いえ」
南「…（一同の様子を伺《うかが》っている）」
澄香「はい、お願いします！（電話を切って）警察には伝えました」
妹尾「いなくなっちゃったんだよ、子供が！」

［回想 ＃14 S18］

二階堂「犯人は快楽を求めて殺人を犯す嗜好の持ち主かと」

×　　×　　×

翔太「…黒島ちゃんは？」

二階堂「あぁ…急に学校って…」

翔太「は？（一瞬、黒島を疑う）」

妹尾「おら、手分けして探しに行くぞ！」

×　　×　　×

翔太、二階堂、南と藤井、妹尾、澄香に分かれて、探しに行く。

と、空に花火が上がる。

46　どこだかわからない場所（空き地）

花火が夜空を照らす中、総一がそらの手を引いて、暗がりを歩いてる。

総一・そら「♪僕ら理科の子、科学の子／今日もみんなで／実験の時間だよー／イチ、ニ、サン、シ、ニ、ニ、サン、シ」

そらも無邪気に一緒に歌っている…。

47　すみだ署・留置場

布団の綿を口に運ぶ、早苗。相当食べたのか、布団がすっかりペラペラになってきている。

早苗「(むせながら)♪僕ら理科の子、科学の子…ハハハ…／今日もみんなで／実験の時間だよー!」

早苗、笑いながら歌っている。

48　夏祭り会場

翔太、二階堂、南が必死で探している。
二階堂はなにやらスマホをいじっている。

翔太「そら君!!」

南「(いつになく真剣に)…中学生の子と一緒なんですよね? これだけ心配するのはなにか訳が?」

翔太「あなたに説明している暇はありません!」

南　「（ボソっと）今の一言で十分です」
二階堂　「あの…！」
二階堂、スマホの画面を見せる。近隣のマップが表示されている。
二階堂　「ひと気のないところを選んだとしたら、ここです」
二階堂、マップの中の空き地を指さす。
翔太　「急ごう」
一同、空き地へと走る。

49　駅のホーム

遠くに花火の音が聞こえる中、黒島が駅のホームに立っている。

50　空き地

総一が、そらを空き地の物陰へ連れ込む。
総一　「♪僕ら理科の子、科学の子／今日もみんなで／実験の時間だよー」
そら　「ねえ、そろそろ戻らないと、ママに怒られるかも」

総一「大丈夫だよ」
そら「でも…」
総一「だって、もうそら君、ママに会えないんだよ？」
そら「え？」
総一、そらの首に手をかける。
そら「うっ…。うぅ…うーうっ…」

51　すみだ署・留置場

倒れている早苗の後ろ姿。女性看守が房の外から早苗の異変に気付く。
女性看守「榎本さん？」

52　同・取調室

連絡を取りに行っていた、神谷が戻ってきて、
神谷「ダメです。正子さんと連絡がつきません」
水城「あぁ⁉」

正志　正志、神谷につかみかかり、
「もう直接行けよ！　お前は！」
水城　「おい、ちょっと落ち着け…」
正志　「おい！　のんきか、お前は!!」

53　どこかの道

走る翔太。

54　空き地

総一がそらの首を締め上げる。

55　すみだ署・留置場

女性看守2人が、中に入り早苗に近づき、触れる。と、早苗の身体がゴロリとこちらを向く。綿を口いっぱいに含んで、白目を剥《む》いている…。

56　空き地

総一がさらにそらの首を締め上げる。

総一「♪僕ら理科の子、科学の子／今日もみんなで／実験の時間だよー」

が、突然、吹っ飛ぶ総一。突き飛ばしたのは翔太だった。

翔太「なにを……！」

と、振り上げた手を南が止める。

南「うっ…うっ！」

二階堂、そらに駆け寄っていく。

翔太「うっ……！」

57　すみだ署・留置場

女性看守が早苗を揺さぶっている。

と、早苗、咳込み、まだ生きていることがわかる。

58　空き地

二階堂、そらをさすりながら、

二階堂「とりあえず大丈夫みたいです」

翔太、総一をにらんでいる。

そして南も、ここまで見せたことのない表情で総一をにらんでいる。

59　駅のホーム

黒島がまだ電車を待っている。そこへ電車がやってくるアナウンス。

構内アナウンス「間もなく2番線に電車がまいります。黄色い線の内側までお下りください」

と、次の瞬間、誰かに押され、突然線路へと転落していく…。

【#15へ続く】

あなたの番です

第15話

#15

1　前回の振り返り

翔太(N)「知らない間に行われていた交換殺人ゲーム」

×　×　×

[回想 ＃10 S56]

翔太(N)「大好きな人を奪われ…」

菜奈、穏やかな微笑みをたたえたまま、黙っている。

翔太「菜奈ちゃーん!!!!!」

×　×　×

[回想 ＃11 S4]

デスクに力いっぱい拳をぶつけ、目を上げる翔太。

翔太(N)「復讐を決意してからも…」

×　×　×

[回想 ＃11 S32]

翔太「妻が殺されたんです。その犯人を、プロファイリングして欲しいんです」

×　×　×

[回想 ＃11 S44]

木下の部屋に唖然とする翔太。

翔太(N)「不穏な出来事ばかりが起こり…」

×　×　×

[回想 ♯12 S44]

袋をかぶせられ、拉致されそうになる翔太。

×　×　×

[回想 ♯13 S4]

翔太「あのマンションでたくさん、人が死ぬのは…交換殺人ゲームをしてるからですよ」

×　×　×

[回想 ♯13 S5]

水城「どういうことだよ、おい!!」

神谷「そういうの、付き合いきれないんですよ！」

×　×　×

[回想 ♯14 S45]

翔太「どーやん！　総一君見た？」

二階堂「いえ」

妹尾「いなくなっちゃったんだよ、子供が！」

〔回想 ＃14 S38〕

× × ×

正志 「総一は…普通の子じゃないんだよ」

〔回想 ＃14 S47〕

× × ×

早苗 「（むせながら）♪僕ら理科の子、科学の子…」

〔回想 ＃14 S56〕

× × ×

総一がそらの首を締め上げる。

総一 「♪今日もみんなで／実験の時間だよー」

翔太に殴られ、吹っ飛ぶ総一。

翔太 「なにを…！」

と、振り上げた手を南が止める。

翔太（N）「誰かがまた殺されてしまうかもしれないという不安に付きまとわれていました…」

〔回想 ＃14 S59〕

× × ×

黒島が、電車を待っている。電車がやってくるアナウンス。

と、次の瞬間、誰かに押され、突然線路へと転落していく…。

2　空き地

二階堂がそらを介抱している。翔太が総一を睨《にら》みつけている。

総一「…（ボソッと）なんだよ、せっかく実験中だったのに」

翔太「は？」

翔太、つかみかかろうとするが、

南「今、なんて言った、こら!?　おい!!　おい…！」

南が先につかみかかる。

二階堂「！」

二階堂が慌てて、南を止める。翔太は総一を気にしつつ、南の態度にも驚いている。

翔太「…」

3　とある路上

翔太、二階堂、南、総一、そらが夏祭り会場へ戻ろうと歩いている。

南が総一の腕をつかんでいる。
と、パトカーがやってきて、澄香が飛び降りてきた。
澄香「そら！」
そら「ママ！」
一同の前で抱き合う2人。それを眺める一同。
澄香「よかった…」
警察「こちら、どうぞ」
澄香「ありがとうございます」
と、そこへもう一台、覆面パトカーがやってくる。
中から降りてきたのは水城だ。
翔太「刑事さん。この子が…」
水城「（手で制して）おい（と目で制服警官に合図）」
警察「はい。さぁ…」
水城「すいません、この中で黒島沙和さんと親しくされてた方はいますか」
警官が総一を連れていく。
翔太「（総一を気にしつつ）え…はい」
二階堂「はい…」

水城　「（メモしつつ）ちなみに最後に黒島さんと会ったのは…」
南　「なにかあったんですか？」
水城　「あのぉ…はい。実は…」
二階堂　「…!!」
翔太　「…!!」

タイトル
『あなたの番です－反撃編－』

4　黒島の病院・集中治療室前廊下

黒島が運び込まれた集中治療室の前。神谷と刑事①、②が待機している。
翔太、二階堂、水城がやってきて、

二階堂　「黒島さんは!?」
神谷　「幸い列車との衝突は免れたんですが、落下した衝撃で、頭を強く打っていて」

[集中治療室の中]

処置中の黒島。

神谷(声)「予断を許さない状況だそうです」

× × ×

二階堂「…」

翔太「ハァ…（二階堂を気にしつつ）犯人は?」

刑事②「すいませんが、捜査上のことなので」

翔太「は?」

神谷「(刑事②を手で制して）あっ、いや…。防犯カメラを確認したんですが、複数の人物が映っていて誰が押したのかはわかりませんでした」

翔太「その映像…」

二階堂「それ見せてもらえますか?」

神谷「さすがにそれは…。ご友人なんですよね? なにか心あたりは?」

二階堂「早川…」

× × ×

[回想 ♯14 S41]

黒島　「なんか、急に早川教授から呼び出されちゃって」

×　×　×

水城　「なるほど…」

二階堂　「黒島さんがゲームで名前を書いた早川です」

翔太　「早川教授って、あの…?」

と、廊下の向こうに看護師が現れ、

看護師　「すいません、大学の学生課の方が見えてますが」

刑事①　「あぁ、今、行きます」

刑事①、②、去っていく。

翔太　「僕も、確認したいことあるので」

翔太、二階堂に「付いてきて」と目で合図して、2人で刑事の後を追う。

水城　「これは、タイミング悪いなぁ」

神谷　「タイミング?」

水城　「お前が懲罰会議にかけられるかもって噂があんだよ」

神谷　「え?」

水城　「榎本正志がお前の過去の収賄について話し出した」

神谷　「…」

水城　「それに加えて、マンション周辺の事件が終息しない。お前がゲームについて報告しなかったことが響いている。心証は最悪だし、懲戒免職もありえるぞ」

神谷　「はい」

水城　「まぁ、経歴に傷が付く前に自分から退職願いを出した方がマシかもな」

翔太と二階堂が戻ってくるのが見える。

水城　「よく考えとけ」

水城、翔太達が近づいてきたので、話を切り上げて

水城　「まぁ、そんなに考えてる時間はないけどな」

翔太と二階堂、神谷と水城の前まで戻ってきて

翔太　「(「あの」と言いかける)」

神谷　「(水城に) まぁ、決断は早い方なんで」

翔太　「…!?」

水城　「なんですか?」

翔太　「あ…刑事さん達が呼んでました」

水城　「ありがとうございます」

神谷と水城、廊下の向こうへ去っていく。

翔太、去っていく神谷の背中をじっと見ている。

翔太　「…」

×　×　×

2時間後。廊下の椅子に、翔太が座っている。

翔太　「…（黒島を心配しつつ、神谷のことを考えている）」

そこへ、二階堂が缶飲料を持って現れる。

二階堂　「コーヒー飲みます？」

翔太　「…」

二階堂　「疲れてません？　僕、いるんで、いったん帰った方が…」

翔太　「どーやんこそ、大丈夫？」

二階堂　「僕は…全然…」

翔太　「でも、さっき、コレもらったよ」

翔太、同じコーヒー缶を持ち上げる。

二階堂　「あれ…」

翔太　「心配だよね。今は、心配することしかできないからさ、思いっきり心配しよ」

二階堂　「はい」

翔太　「心配したりされたりってさ、やっぱ生きてるからこそじゃん」

二階堂　「…」

5　すみだ署・外観（日替わり）

6　同・取調室

神谷と水城が、正志の取り調べを行っている。

正志「じゃあ妻は…」
水城「はい、危ない状態は脱しました」
正志「あぁ…そうですか…」
神谷「それと総一君ですが、少年鑑別所に収監されました」
正志「容疑はやはり…」
神谷「殺人未遂です」
正志「それでも、私には、愛すべき息子です」
神谷・水城「…」
水城「あえてお伝えしますが、総一君は取り調べに対して…」

×　　×　　×

［回想　取調室］

神谷と水城が総一の取り調べをしている。

総一「動物ってそれぞれ死ぬ時の瞳孔の開き方が違うんです。それで人間の場合はどんな感じなのか、見てみたくて」
神谷・水城「…（唖然）」

× × ×

正志「（無理して自嘲して笑い）それ聞かされて、私はどんな顔をするべきですかね？　育て方が悪かったって自分を責めるのもねぇ。早苗みたいな選択をするしかなくなりますし」
水城「（答えずに）以前はトイレに行く時などしか手錠をしてなかったそうですね」
正志「えぇ」

× × ×

［回想　402号室・監禁部屋〜リビング］
水城（声）「総一君の供述では、たびたび部屋の外に出ては…」
　総一がトレーディングカードで打掛錠を外し、クーラーボックスを手に部屋の外へ出る。
　リビングの棚からマスターキーを手にする。

× × ×

［回想　403号室・藤井の部屋］

水城（声）「藤井さんの部屋に侵入したり…」
総一「♪僕ら理科の子、科学の子／イチ、ニ、サン、シ」
　総一がバスタオルにくるんだ首を洗濯機に放り込みスイッチを押す。

×　　×　　×

［回想　402号室・リビング］
　早苗と総一が音声ファイルを聞いている。
水城（声）「あと動画ですか、脅迫の、あれを…」
藤井（声）「山際は大学の時の同級生なんです。昔っから嫌いで嫌いで…」
総一「いつ録ったの？」
早苗「管理人さんが総ちゃんのことで、すごい脅してくるから、いつもこれ（ボイスレコーダーを指して）持ち歩いてたの。そしたら住民会の時に」
総一「一緒に送れば効果的だよ」
早苗「よし！　じゃあいきます」
総一「（スマホを構えて）」
早苗「どうも藤井淳史さん。こちら、見覚えありますか？」
　脅迫動画を撮り終え、総一がスマホをいじっている。
　早苗が覗き込むと、すでに宇宙人になっている。

早苗「わあ…すごい時代になったねぇ」
総一「でしょ？」

×　　×　　×

水城「〝全て、お母さんを助けたくてやった〟と言っています。間違いないですか？」
正志「（頷いて）じゃあ…もう私から話せることはなにも…」
水城「なにもありませんか？」
正志「うーん…あったかなぁ…（神谷を見る）」
神谷「…（緊張）」
水城「…（なにかあると察している）」

7　黒島の病院・集中治療室前廊下

ベンチで寝てしまっている二階堂。と、翔太がやってきて、
翔太「（揺り起こして）どーやん、どーやん」
二階堂「えっ、ああ…」
翔太「いったん、帰ろう」
二階堂「いや、でも…」

翔太　「ご両親も来てるしさ。ご迷惑になるから」
開いた病室のドアから、中に両親がいるのが見える。
看護師がすぐに閉めてしまうが。

二階堂　「…」

8　とある路上

翔太と二階堂が歩きながら話している。

二階堂　「え？」

翔太　「たぶん間違いないと思う。あの日、部屋にいた3人目は…」

×　×　×

[回想　＃10　S38]

神谷　「決断は早い方なんです」
と言って、いきなり黒島のみぞおちを殴る。
目隠しをされた状態で、その場にいる翔太。

×　×　×

[回想　＃15　S4]

神谷　「（水城に）まぁ、決断は早い方なんで」
翔太　「…!?」

× × ×

翔太　「あの刑事だ」
二階堂　「ちょっと待ってください。つまり榎本夫婦の協力者ってことですか？」
翔太　「うん。最初、あの部屋には3人いたけど…」

× × ×

［回想　＃10 S48、50］
早苗が菜奈を羽交い締めにし、ミキサーを振り回している。と翔太が助けに来る。
翔太　「菜奈ちゃん!!」
菜奈　「翔太君…！」
翔太（声）「最終的にあの夫婦しかいなかった…」

× × ×

二階堂　「黒島さんが303で発見された時も…」

× × ×

［回想　303号室］
警官が部屋の中に入ってきて、段ボールを開ける。

中には縛られた黒島が…。
警察「大丈夫ですか？」
二階堂（声）「まわりには誰もいなかったと聞いています」

×　×　×

翔太「裏切って1人で逃げたのか…」
二階堂「榎本夫婦が警察に話していないとしたら、まだつながってる可能性はありますね」
翔太「焦って問い詰めたりしない方がいいな」
二階堂「はい」
翔太「確実に追い詰めてやる…」

9　すみだ署・会議室（昼）

神谷の懲罰会議前の聞き取りが行われている。
刑事課長「では、榎本正志の供述通り、裏カジノのガサ入れ日を漏洩し、金銭を受け取ったわけだな？」
神谷「はい」
刑事課長「その件の口止め条件として、交換殺人ゲームについての報告を故意に怠り、捜査に混乱をきたしたと」

×　×　×

[回想 ＃10 S38]

正志「俺が捕まったら、2年前のお前さんの件、洗いざらい話すからな」

×　×　×

神谷「つきましては責任を取り、退職…」

刑事課長「早まるなバカ」

神谷「しかし榎本課長の言う通りですから。暴行についても認めますし」

×　×　×

[回想 ＃10 S38]

神谷、黒島のみぞおちを殴る。

黒島「うっ！」

×　×　×

副署長「暴行？」

刑事課長「榎本からは収賄の話しか聞いていないが」

神谷「え？」

刑事課長「お前、他にもなにかしてるのか⁉」

神谷「…？」

　神谷、中途半端に暴露した正志の意図がわからない。

副署長「おい、神谷！」

神谷「あ…暴行と言いますのは、一度賄賂の件で榎本課長と揉《も》めて、公園で喧嘩になりまして」

×　　×　　×

［回想　＃9　S34］

　神谷の膝蹴りが、正志の腹部に入る。それを翔太が見ている。

翔太「ちょっと！　なにやってんすか！」

神谷（声）「それを住人の方に目撃されてしまったので…」

×　　×　　×

神谷「そのことかと…」

刑事課長「本当、お前はバカだな！　ハァ…」

10　同・廊下

　会議室を出てくる神谷。水城が待ち構えていた。

水城　「どうなりそうだ？」
神谷　「たぶん懲戒免職でしょうね」
水城　「（突き放して）自業自得だからな」
神谷　「わかってます。…（深く頭を下げて）ご迷惑おかけしました！　俺のこと軽蔑してるかもしれませんが、俺は水城さんのこと嫌いじゃなかったです」
水城　「（本音は照れて）嫌いじゃないって微妙に失礼だぞ！」
神谷　「本当にお世話になりました」
水城　「よし！　反省してるなら、俺もできる限りのことはする」
神谷　「今さらなにをしても…」
水城　「いやいや、これだけ人が死んでる事件だ。解決すれば、謹慎処分でおさめてもらえる可能性もあるぞ」
神谷　「とりあえず今日から謹慎ですけど」
水城　「だから！　俺が解決して、それを全部お前の手柄ってことにしてやるから…。期待しとけよ」
神谷　「…（黙って頭を下げる）」

11　キウンクエ蔵前・３０４号室・二階堂の部屋（夕）

翔太と二階堂が話し合っている。

二階堂「じゃあ、そら君は退院したんですね」

翔太「体調が問題ないだけで、心の方はまだまだ心配だけどね」

二階堂「総一君への分析は当たってしまいましたね」

翔太「うん」

二階堂「ただ、こないだＡＩがしたことは、住人の中で快楽殺人を犯す可能性の高い人物を探しただけです」

二階堂「総一君は、菜奈さんが殺された時のアリバイがありますし…」

翔太「なにも解決してないよね。次どうする？」

二階堂「まず、参照できる過去の犯罪のデータベースが増えましたので、それを踏まえた分析結果を見てください」

翔太、ＰＣを覗き込む。

二階堂「やはり、菜奈さん、赤池夫婦、浮田さんの４人を殺害したのは同一犯の可能性が高いです」

画面に、さまざまな項目が表示される中、一番下に【同一犯の犯行　89％】と表示されている。翔太、その上の項目にも視線を走らせる。

【性別／男性53％　女性47％　信頼度92％】

【年齢／18才〜55才　信頼度89％】【身長／155〜180　信頼度90％】

【学歴／大学卒業レベル　信頼度45％】【経済レベル／やや高い　信頼度65％】

【同一犯の犯行　89％】

翔太「…」

二階堂「各項目の条件を絞り込もうとすると、信頼度が低下します。ただ、同一犯の犯行について、被害者の情報に児嶋佳世さんを加えても、信頼度が変わらないんです」

翔太「つまり…？」

二階堂「菜奈さんを殺した犯人は、今のところ5人殺している可能性が高いです」

翔太「目的がわからない…」

二階堂「そして結果、推測される犯人は…」

画面に【Match（23・1％）西村淳】と表示される。

二階堂「まだ不確かです。暴走しないでくださいよ」

翔太「…」

12　同・地下会議スペース（夜）

ホワイトボードに【夏祭り精算会】と書かれている。
西村と会計係だった洋子・木下が、小さな金庫を脇に置いて、精算をしている。

俊明「西村さん、これ」
俊明が領収書を渡すと、
西村「はい、お預かりします。１４００円…」
洋子、領収書をとり上げ、
洋子「これ…私物の領収書ですよね？」
俊明「違いますよ、ポスターを描いた時のマジックです」
洋子「じゃあそのマジック、持ってきてください。住民会の予算で買った物は住民会の物ですから」
そこへ翔太と二階堂が入ってくる。
木下「あっ」
西村「領収書、お持ちですか？」
翔太「西村さんにちょっと…」

西村　「私？」
木下　木下、立ち上がり、
　「私も手塚さんにお話があるんです」
翔太　「あとでいいですか？」
　俊明、去りかける。
木下　「よくないです」
洋子　「（俊明に）ちょっと！　逃げる気？」
俊明　「いや、マジックを取りに…」
洋子　「この人、やっぱりおかしいです！」
翔太　「（無視して）管理人さんが亡くなった時、あなたどこにいました？」
洋子　「無視しないで！」
西村　「部屋でテレビを見ていましたが」
翔太　「俺、直前に、管理人室の前で…」

×　　×　　×

［回想＃1 S40］
　翔太が管理人室へと近づいていく。
翔太　「…。（チャラチャラという音がかすかに聞こえ、振り返るが、誰もいない）」

翔太（声）「金属がこすれ合う、小さな音を聞いたんです」

× × ×

西村「…」

翔太「後日同じ音を聞く機会がありました」

× × ×

［回想 ＃5 S22］

西村、鍵をチャラチャラと回しながら去っていく。

× × ×

翔太「…」

× × ×

翔太「あの時、管理人室でなにしてたんですか？」

西村「あ…管理人さんに貸してるものがあったんで、催促に行ったんですが、不在でした」

木下「（いつの間にか真剣に参加して）貸してるものとは？」

西村「（急な木下からの質問に驚きつつ）麻雀用のマットです」

俊明「…（一同の顔をさりげなく見回す）」

西村「大分後に、新品になって返ってきましたが」

× × ×

[回想 ＃9 S27]

蓬田「西村君、いらっしゃいますか？」

一同が一斉に西村を見る。

西村「はい」

蓬田「〝お詫び〟だそうです」

と、正方形の緑色のマットを広げる。

×　　×　　×

翔太「お詫びってどういう意味だったんですか？」

西村「タバコで穴を開けたとは聞いていたので。買い直したんだと思いますけど。それがなにか？」

翔太「…」

西村「(俊明に) あ、どうぞもう取ってきてください」

俊明「あ…はい」

俊明、部屋を出ていく。

洋子「ちょっと！　もう！」

洋子は憮然《ぶぜん》とした表情で座る。

二階堂「ちなみに、西村さんは、いつから交換殺人ゲームのことを知ってました？」

西村　「まだこの話、続けるんですか？」
二階堂　「最後の質問です」
西村　「…（翔太に）一緒にレストラン行きましたよね？」

×　×　×

［回想　＃5　S34］
木下　「住民会で、物騒なゲームをしたそうですね？」
菜奈・早苗　「え？」
江藤・西村　「え？」
翔太　「その話しないって約束じゃないですか！」

×　×　×

西村　「あの場ではなんのことやらでしたが、あとから木下さんに聞かされたので、その時に」
木下　「確かに、説明しましたけど…」
翔太　「けど？」
木下　「…」

×　×　×

［回想　＃5　S35］

江藤「まず俺達、何にも知らされてないんですけど。（西村に）ねぇ？」
西村「え？　えぇ…」
木下、急に立ち止まり、西村を見る。
木下「仕事の資料を返してくれたら言います」
翔太「…」

×　　×　　×

と、ドアの向こうからガヤガヤと声がする。
シンイー「お待たせしたのだぁ」
シンイー、柿沼、尾野が現れる。
西村「あっ、領収書お持ちの方はこちらでお預かりします」
尾野「あっ、はいはい」
柿沼「あっ、忘れた」
尾野「予算漏れちゃったんですけど…」
柿沼「取ってくるわ」
西村「大丈夫ですよ」
翔太達の話は途中でうやむやになっていく…。

13　警察病院・早苗の病室

早苗が病室で横になり、天井の一点を見つめている。脇に警備を兼ねた女性警察官。と、ノックする音が聞こえ、ドアの隙間から神谷が顔を出す。

警察官　「神谷さん」

神谷　「ちょっとはずしてもらえる？」

警察官　「はい」

女性警察官、出ていく。

早苗　「なにか？」

神谷　「ひとつ正直に答えて頂きたいことが」

早苗　「…」

神谷　「総一君の件は聞いてますよね？　このままだと総一君がやってないことまで罪をかぶる可能性も…」

早苗　「答えますよ」

神谷　「赤池夫婦の事件についてなんですが…」

×　　　×　　　×

［回想 ＃5 S25］

神谷がケーキの写真を確認している。

証拠写真のケーキにはプレートが写っていない。

神谷（声）「現場に残されたケーキにプレートがのってなかったんです」

水城「食べちゃったんじゃない？」

×　×　×

神谷「なにか心当たりは？」

早苗「食べちゃいました……」

神谷「正直に」

早苗「本当です。あの時……」

×　×　×

［回想 ＃4 S46］

【赤池美里】と書かれたケーキのプレートを菜奈が見ている。

早苗（声）「菜奈さんが、じっとケーキを見てたんで」

×　×　×

早苗「私もすぐ気付いたんです。犯人がゲームで起きた殺人だとアピールしてるんだって」

神谷「…」

早苗「それで、おばあちゃんをみんなが介抱している隙に…」

×　×　×

〔回想　＃4 S46の続き（新撮）〕

502号室の廊下で、早苗があたりを気にしながら、プレートを口に入れる。

藤井が戻ってきて、

藤井「警察には連絡しました！」

早苗「（口を閉じたまま うなずく）」

×　×　×

神谷「なぜそんなことを？」

早苗「だって、警察に勘づかれたら…」

神谷「あなたの罪もバレる可能性があったからだ」

早苗「（うなずく）」

神谷「ありがとうございました」

と、立ち上がるが、

神谷「もう一つだけ。結局あなた誰の名前を書いたんですか？」

早苗「…」

神谷「管理人の…床島さんですね?」
早苗「…はい」
と、ドアが開き、女性警察官が焦った顔で、
警察官「神谷さん、まずいですよ! 謹慎中らしいじゃないですか」
神谷、無視して病室を出て行く。

14 同・廊下

神谷、女性警察官が追って来ないのを確かめると、電話を取り出し、
神谷「水城さん。榎本早苗からの新情報です。え…? いや…頼りにしてるからこその俺なりの協力ですよ」

15 キウンクエ蔵前・地下会議スペース

精算会が続いている。

出席者が揃い、翔太、俊明、洋子、柿沼、シンイー、西村、尾野、二階堂、木下、藤井、江藤、南は座ってる。

※淳一郎は欠席。前回同様、二階堂と俊明は別テーブルに座っている。

西村　「えー数字をまとめますと、やや赤字ですので積み立て金の中から補っていきたい…」

南　「うん、そんな話よりさ、1人またドボンしたんでしょ？」

一同　「…？」

南　「線路に！　これどういうこと？　怖いでしょ！　知ってることあるなら、なんでも言い合いましょうよ！」

二階堂　「言うなら警察に言ってください」

南　「話をそらすな。君が犯人か？」

二階堂　「は？」

翔太　「一緒にそら君探してたじゃないですか！」

南　「そうか…」

尾野　「そうですよ、犯人は…手塚さんですもんね？」

翔太　「え？」

ざわつく一同。

尾野　「だって、〝このマンションの住人、全員殺して復讐する〟って言ってましたし」

洋子　「はぁ!?」

尾野「〝全員〟ですからね。一族郎党、皆殺しですか？　末代まで呪い殺します？」
藤井「えっ、本当にそんなこと言ったんですか？」
翔太「確かに言いましたけど」
藤井「ちょっ…えっ？」
南「なぜそれを尾野さんにだけ打ち明けたんですか？」
木下「（南に）あなたはどうしてそんなに事件に首を突っ込んでくるんですか？」
洋子「そうですよ！」
俊明「ただの好奇心にしては度が過ぎてませんかね」
西村「精算会は以上です…」
南「まぁ仕事なんで、すいません…」
木下「え？」
柿沼「はあ？　やっぱ記者なんじゃねぇかよ！」
南「違いますよぉ。っていうか、皆さん、私のことご存じなかった？」
一同「…？」
柿沼「知らねえし」
シンイー「知るか」
南「そっかそっか…俺もまだまだだなぁ」

江藤　「なんですか?」
南　「ワタクシ、事故物件住んでみた芸人の南サザンクロスと申します!」
一同　「はあ?」

×　×　×

数分後。一同が江藤の携帯で、動画サイトを見ている。

×　×　×

[動画]

南が汚いアパートの一室でカメラ目線で喋っている。

南　「某駅徒歩15分の物件に住んで1週間が過ぎました!　初日から徐々に濃くなってきている例のあれですが!」

南、袖をバッととめくる。腕に人の手の形のアザ。

南　「ジャーン!　この部屋でなくなった人の怨念で間違いないかと…」

×　×　×

一同　「…」
南　「ねっ?　本当だったでしょ?」
翔太　「…」
西村　「このマンションでも、こういう動画を?」

南　「まあ、いい気分はしませんよね？　でもこの歳まで売れなかった時点で、才能ないんで僕。こういうニッチでエクストリームなことしないと」

二階堂、ＰＣに南の情報を入力し出す。

翔太　「さっきからなにを言ってんだ！　あんた！」

翔太が南につかみかかろうとした瞬間、南の方がガッと動いて翔太を組み伏せる。二階堂、慌ててＰＣを閉じ、立ち上がる。

翔太　「あっ！　あ痛たたた…あ…！」

南　「いつまでもウジウジしててもしょうがねぇだろ。俺がネタにして笑い飛ばしてやるから、協力しろ！」

あっけに取られていた一同から非難の野次が飛び、二階堂と柿沼が南を翔太から引き剥がす。

睨む翔太、意に介していない様子の南。

場は騒然としたまま収まる気配がない…。

16　同・3階エレベーターホール～廊下

翔太の後二階堂が追いかけるようにして3階まで戻ってきた。

二階堂「落ち着きましょうよ」

翔太「黒島ちゃんがこのまま死んでも、同じこと言えるのかよ！」

二階堂「暴れて解決するならそうしますけど…。意味のないことしないでください」

翔太「…」

二階堂「みんな、南さんだけじゃなく、手塚さんにも引いてましたよ。住民の協力が得られないと、解決が遠のきます」

翔太「…すいませんでした」

二階堂「お見せしたいものがあります」

二階堂、自分の部屋に向かっていく。

17　同・304号室・二階堂の部屋

翔太がソファーに座っている。

二階堂が翔太のスマホをPCにつないでいる。

翔太「菜奈ちゃんとのメールも写真も動画も全部渡してるよ、これ以上はなにも」

二階堂「わかってます」

翔太「じゃあ」

二階堂　「よし。（スマホを取って）終わりました」
翔太　「なにしたの？」
二階堂　「僕の作ったアプリをインストールしました」
二階堂、翔太のスマホを返しかけて、手を引く。
二階堂　「これは、極端な行動を取りがちな手塚さんへのお守りみたいなものだと思ってください」
翔太　「お守り？」
待受画面に【AI菜奈ちゃん】というアイコンが。
翔太　「…？」
二階堂　「元は伴侶を亡くされた高齢者向けに開発されたアプリです」
翔太　「え…なに？」
二階堂　「ですから、菜奈さんと会話ができるアプリです」
翔太　「…」
二階堂　「まぁ今のところ、簡単なことしか喋りませんが、繰り返し話しかけることで学習し、よりご本人に近い…」
翔太　「（呆れて）どーやんさぁ…」
二階堂　「怒りが抑えられなくなった時や、どうしようもなくさみしくなった時、話しかけてみてください」

翔太「気持ちは嬉しいけどさ、さすがに…笑っちゃうよ」

二階堂「まぁ…気が向いたら」

翔太「…」

翔太、アイコンをタップ。

【ＡＩ菜奈ちゃん】の文字が浮かび上がる。

18　同・302号室・リビング

本当はＡＩ菜奈ちゃんが気になってスマホの画面を見ながら部屋に戻ってきた翔太。暗い部屋で、アプリのホーム画面がうっすら光を放っている。

翔太「…」

マイクのマークのボタンを押し…、

翔太「菜奈ちゃん」

はめ込まれた菜奈の写真の縁が光りだし、翔太の顔を照らす。

菜奈（ＡＩ）「どうしたの？　翔太君」

翔太の気持ちを察しているかのように、優しい口調で話しかけてきた。

その瞬間、翔太の目から涙が溢れそうになる。
必死で泣き声になるのを堪えて、

翔太　「菜奈ちゃん！」
菜奈（AI）「どうしたの？　翔太君」
翔太　「どこにいるの？　早く帰ってきてよ」
菜奈（AI）「うん。ご飯、なに食べたい？」
翔太　「会いたいよ…」
菜奈（AI）「私もだよ」
翔太　「ごめん。菜奈ちゃんのこと…。守るって言ったのに…。犯人おびき寄せるとか言って、勝手な行動して、菜奈ちゃんに止められてたのに…菜奈ちゃんの言う通りだったね。好きってだけじゃ解決できないこと、あった…」
菜奈（AI）「…（処理の限界で写真の縁の光が回転し続ける）」
翔太　「（察して）…会いたいよ」
菜奈（AI）「私もだよ」
翔太　「会いたいよ…」
菜奈（AI）「私もだよ」
翔太　「会いたいよ…」

菜奈（ＡＩ）「私もだよ」
繰り返す菜奈の返答、少々ロボット感が出てしまう。
翔太、逆に寂しくなって、ついに声を出して泣いてしまう。
ＡＩ、その泣き声を感知して、
菜奈（ＡＩ）「…泣かないで」
その一言が、「所詮ロボットだ」と思っていた翔太の心に刺さる。
翔太、涙が止まらない…。

19　すみだ署・捜査本部（日替わり）

水城達が捜査会議を行っている。神谷の姿はない。
副署長「以上が神谷の謹慎の理由だ。おそらく懲戒免職になるだろう」
刑事課長「お前らはバカと同じような真似するなよ」
一同「（口々に）はい」
水城「…」
刑事課長「じゃあ水城、進捗報告」
水城「はい。ゲームが行われていたという前提で、住民のアリバイを確認しましたが、変わった点はありませんでした。入院中の黒島沙和も、すべての事件でアリバイがあります」

刑事課長「榎本早苗が、床島比呂志の名前を書いたという件は本当なのか？」

水城「はい。ただ、床島の死亡推定時刻に、夫婦揃ってアリバイがありました」

副署長「息子の榎本総一が床島を殺した可能性は？」

水城「わかりませんが…」

刑事①「彼は、今、自分の犯罪を誇らしげに供述しています。もし床島をやっていたら、自白している気がしますね」

水城「ゲームなら、紙を引いた人物が殺したか…」

20　キウンクエ蔵前・1階エントランス

翔太が電話しながらやってくる。

翔太「（留守電に）…何度も電話してます、手塚です。神谷さん、折り返しが欲しいんですけど…」

遅れて木下が現れ、401号室のポストになにかを入れてまた戻っていく。

21　黒島の病院・廊下

二階堂が黒島のお見舞いにやってきた。

22　同・黒島の病室

二階堂がドアを開けると、黒島の両親がいる。
黒島の両親は高知訛りで、腰が低く好人物。

黒島母　「あぁ二階堂さん、毎日すいません」
二階堂　「いえ」
と言って、ドアを閉めると、死角に尾野がいた。
尾野　「…優しいですねえ、毎日なんて」
二階堂　「…！」
黒島父　「(尾野に) ほいたら、お言葉に甘えて…」
尾野　「あっはい。沙和っちょのことは私がちゃんと看《み》てますので」
黒島の両親、帰り支度を始める。

二階堂「…？」

黒島母「ホンマに、東京にこがにお友達おるなんて」

尾野「なにかあったらご連絡しますね」

黒島母「ほいなら…失礼します」

両親、頭を下げて出ていく。

二階堂「僕がいますから。尾野さんも…」

尾野「せっかく、二階堂さんと2人っきりになれたのに」

二階堂「2人きりって…」

尾野「あっそうだ、これ食べます？」

と、ウエハースを取り出す。翔太への再現のように、

尾野「ウエハースです、手作りの」

二階堂「（危ない気配を察知しつつ）ごめんなさい。僕、他人の作ったもの、食べれないんですよ」

尾野「じゃ自分で食べまーす」

と、食べ出す。ウエハースの粉が黒島のシーツにポロポロと落ちていく。

二階堂「…」

23　スポーツジム

翔太が桜木とトレーニングしながら、塩化カリウムについて聞いている。

翔太「そういう医療事故ってよくあるんですか?」

桜木「たまーにですけど、でもありえます。塩化カリウムって、2時間ぐらいかけて点滴を落とすので、短い時間で投与すると、心不全おこしちゃうんです」

翔太「へぇ…」

桜木「なんでも聞いてくださいよぉ。普段、同業者とか病人としか話さないんで、健康な素人の人と話せるのって楽しくって」

翔太「はい（苦笑い）」

24　ショーパブ（夜）

満員on礼の面々が稽古中。

淳一郎が、演出席の前に仁王立ちして演出している。

藤沢「…（淳一郎のせいで稽古が見えない）」

ステージでは、柳本が長谷川伸の「関の弥太っぺ」風の大衆演劇の主人公を演じている。柳本の足下で劇団員①が倒れつつ、顔を上げている。

ヒロインの東が、劇団員①をかばうようにして、寄り添っている。

ヒロイン(東)「どなたか存じあげませんが、おやめください」

主人公(柳本)「10年の年月を、砂を噛み、血にまみれて暮らしてきた俺の面は変わったろうな」

藤沢「はい、いい感じ！」

淳一郎「違う！　全然違う！」

柳本「はぁ？」

淳一郎「いいですか？　君の役は、10年前この子を助けた恩人です。だが、人を殺めた過去を持つ自分を恥じている。10年間探しつづけた恩人が、ヤクザ者だったらショックを受けるだろうと、身の上を明かさないまま、去っていく。（感極まって）去っていくんです！　今のは全然違う！」

藤沢「じゃあ田宮さんがやれば…」

淳一郎、言われなくとも演じ始め、

淳一郎「10年の年月を、砂を噛み、血にまみれて暮らしてきた俺の面は変わったろうな」

ヒロイン(東)「（キッと睨んで）あなたは澄んだ目をしているのに、どうして人を斬るのですか？」

淳一郎「人斬り家業の！　流れ者の…この目が、澄んでいると言うのかい？（感無量で）

おかしな娘さんだなぁ…」

×　×　×

稽古後、ガヤガヤと帰って行く劇団員達。と、水城がやってくる。

水城「お邪魔しますぅ」

淳一郎「…？」

×　×　×

淳一郎と水城が缶コーヒーを飲みながら話している。

淳一郎「もちろんよく知ってますよ、甲野君は私の部下でしたから」

水城「亡くなられる直前に銀行で会いましたよね？」

×　×　×

［回想　＃8　S42］

翔太と菜奈の後ろを田宮が通り過ぎる。

×　×　×

淳一郎「えぇゲームのことで忠告を。私のこと疑ってます？」

水城「…」

淳一郎　「なにかするつもりなら、元の職場なんかで会ったりしませんよ」
水城　「でも葬儀の際にはトラブルが？」

×　　×　　×

［回想 ＃9 S18］
受付　「あの…ちょっちょっと！」
淳一郎　「…（大きく息を吸い）無実！　潔っぱぁーく!!」

×　　×　　×

淳一郎　「それは、あなたと同じような浅はかな疑いをかける人が多かったので、つい」
水城　「私は疑ってませんよ。事件を解決するために、マンション中に監視カメラを置いてくれた人ですから」
淳一郎　「何の役にも立ちませんでしたけどね」
水城　「ちなみに、（と言いかけて着信が）あっ…失礼。…はい、水城です。はい…」
淳一郎、水城が電話している隙に、さりげなくズボンで手汗を拭く。
水城、それに気付いているような、いないような…。
水城　「（電話を切って）甲野貴文さんの件ですがね…」
淳一郎　「はい」
水城　「防犯カメラの映像の解析に時間がかかっていたんですが、特に怪しいと思われる人物が数人。いずれも170㎝くらいの身長だそうです」
水城、指を広げて、淳一郎の足下から上に向かってなにかを測っていく。

淳一郎「…」

水城の手定規が淳一郎の頭の先までいき…、

水城「178・54かな。意外とありますね」

淳一郎「…」

水城「以上です。ご協力ありがとうございました」

水城、手を差し出す。思わず握手する淳一郎。

水城「…（淳一郎の異常な発汗に気付く）」

淳一郎「…（必死で動揺を隠す）」

が、水城はなにも言わずに去っていく。

淳一郎「…」

25　川沿いの道

翔太が帰宅中。
と、前方を歩く俊明を見つける。

翔太　「…。（急に思い立ち、追いかける）すいません！　すいません…！」
　　振り返る俊明。

×　×　×

　　翔太と俊明がベンチに座って話している。
俊明　「えぇ、未だに足しか発見されていないんです」
翔太　「変なこと聞いてすいません」
俊明　「部屋の中から付き合いのない住人の方の指紋がいくつか見つかったりもしたんですが、調べていくと」

×　×　×

［回想＃5 S19］
　　菜奈、早苗、黒島、佳世、澄香、柿沼、妹尾、そらが澄香の部屋で揉めている。
俊明（声）「ウチで揉めごとがあったらしくて、その時に」

×　×　×

翔太　「…」
俊明　「あの…。あなたも奥さん亡くされたんですよね？」
翔太　「はい」
俊明　「愛してました？」

翔太　「はい」
俊明　「奥さんに、ちゃんと伝わる愛し方をしてました?」
翔太　「自信…あります」
俊明　「ハァ…いいなぁ（小さく笑って）私は、全然伝えられなくて。でも、別々の方向を向いてたわけじゃないんです。少し距離はあるけど、同じ方向へ向かって並走してるというか。いつも視界のどこかにあいつがいて。…言い訳だな。さんざん浮気しておいて」
翔太　「…」

26　キウンクエ蔵前・302号室

二階堂が翔太の部屋を訪れており、食事中。
二階堂、黒島のことが心配で浮かない顔。

翔太　「（察して）そうだ、あれ、ありがとね、AI菜奈ちゃん。機械だけど、ただの機械じゃなかった」
二階堂　「…（うなずくだけで応える）」
翔太　「今の気持ちをちゃんとぶつけなきゃダメだよ?」

二階堂「はい？」
翔太「どーやんはさ、感情を外に出すのが苦手なのかもしれないけど、それでもあふれ出てきちゃうのが愛だから」
二階堂「えっ？」
翔太「うーん…どーやんより先に、どーやんの愛情が勝手に行動しちゃう感じ。勝手に動こうとする気持ちを、どーやんが抑えちゃダメだからね？」
二階堂「なんの話ですか？」
翔太「黒島ちゃんが目を覚ました時の話だよ」
二階堂「…」

27 同・304号室・二階堂の部屋（深夜）

1人でPCに向かっているが、手につかない様子。
二階堂「…」

× × ×

[黒島の病院・病室]
ベッドに横たわり、意識不明の黒島。

二階堂「…」
黒島を思って、ソファに寝転ぶ。
クッションから、黒島の匂い。

×　　×　　×

28　黒島の病院・廊下

静かな廊下を警備員が歩いている。警備員、ふと立ち止まる。
ドアには【黒島】と書かれたネームプレート。
そっとドアを開ける警備員の顔が映ると、南だった。
南「…」
南、ドアの隙間からじっと黒島を見ている。

29　とあるバー

神谷が手帳を見ながら、1人で飲んでいる。
（ゴルフバッグを発送した男、甲野貴文を刺した男、黒島を突き落とした人物が

同一人物？　と書かれているがまだ見せない）

神谷「だとして…誰なんだ、こいつ」

と、携帯に着信。

画面を見ると翔太からだ。

神谷「すいません、何度も電話もらってましたよね。ええ。では、明日の夜」

神谷、切ってからもじっと電話を見つめる。「何の用だ？」と訝しがっている。

30　キウンクエ蔵前・1階エントランス（日替わり・朝）

翔太が出かけようとしていると、君子が翔太を呼び止める。

君子「あの、すいません！」

翔太「あぁ…おはようございます」

君子「突然あれなんですけど…主人が帰ってきてなくて」

翔太「えっ？」

※15話はここまで。

31　同・前の路上（昼）

久住がマンションを見上げている。
刑事①が荷物を持って先に行こうとする。

久住「あっ、ここで大丈夫です」
刑事①「外出する時は連絡をするのをお忘れなく」
刑事①、そう言って久住に鞄を渡す。

32　同・エレベーターの中～1階エントランス

久住が緊張した顔で、エレベーターのボタンを押す。
開く扉。久住、カゴの中に駆け込み、

久住「アンジェリーナー！」
カゴの壁に触れ、頬をつけ、そしてキスする。

久住「アンジェリーナ！　アンジェリーナ！　アンジェリーナ！　ただいま…！　あぁ…ホントひさしぶり」

感動の再会に、少し涙ぐみ、そして床をなで回す。
が、夢中になりすぎて、ドアが再び開いたことも気付かなかった。
ふと振り返ると、コンビニ袋を下げた藤井が立っていた。

久住「はじめまして、袴田吉彦です」

33 同・1階廊下

藤井が久住の鞄を持って歩いている。

藤井「確かに聞いたことあります、記憶を取り戻すために、以前と同じ環境に置いて生活させると」

久住「お詳しいですね、それ関係のお仕事なんですか？」
と言いながら、101号室の前を通り過ぎていく久住。

藤井「(立ち止まって)医者です。外科ですけど。あと久住さんの部屋はここですよ？」
久住、さらに歩いていく。

藤井「おい、袴田！」

久住「はい？」

34　同・101号室・久住の部屋・玄関

久住と藤井が玄関に入る。藤井、ドアを閉めた瞬間、

藤井　「やっちゃったんでしょ!?」

久住　「え？」

藤井　「記憶喪失のフリとかズルくない？　久住君！」

久住　「えっと…袴田です」

藤井　「いやいや、さっき〝ただいま〟とか〝ひさしぶり〟とか言ってたから。聞いてたもん、俺！」

久住　「アハっ。よくわかんないんで、事務所通してもらっていいですか？」

藤井、カチンと来て、ドアを開け、廊下に向かって、

藤井　「久住さんは嘘つきです！　久住さんは人殺し――」

久住　「（慌ててつい名前を呼んで）ちょっと藤井さん！　あぁ！」

藤井　「ほら」

久住　「ちょっ…」

久住、藤井を玄関内に引っ張り込んで、

久住　「どうして、そうやってすぐ気付いちゃうんですかぁ」
藤井　「安心しろ、実は俺もやっちゃってるんだ」
久住　「でしょうね」
藤井　「おぉ…。ここは正直に話して協力しあった方がいい。俺は警察も完全に騙しきったよ」
久住　「え？　ちょっとどうやって？」
藤井　「それがさぁ…」
久住と藤井、なにやら話し込む。

35　黒島の病院・病室

眠っている黒島の傍に二階堂が付き添っている。
二階堂　「…」

×　　×　　×

［回想　＃12　S35］
二階堂、黒島の頭を両手で鷲づかみにして、頭の匂いを嗅ぐ。
翔太（声）「どーやんが黒島ちゃんを好きだから、気にならないんだよ。そんな人に出会えるって、すごい幸せなことだよ」

×　×　×

二階堂、黒島の髪に触れ、匂いを嗅ぐ。
そして酸素マスクの上からキスをする。
その瞬間、黒島が目を覚ます。

二階堂「…!?」
黒島「…二階堂さん？」

36　幸子の施設『つつじケアハウス』・庭

ベンチで翔太が幸子に写真を見せている。
翔太「おばあちゃん、これがキウンクエ蔵前ね。おばあちゃんが住んでたマンション。なにか思い出すことある？」
幸子「…」
翔太「ここに住んでる人、紹介するね。101が久住さん（幸子の反応を確認）。102が児嶋佳世さん。部屋で英語教室をやっていました。103が…」
幸子「相変わらず話が下手ね、美里さん」

翔太　「…⁉（喋ったことに驚きつつ）すいません」

幸子　「それにまるで気が利かない。私、喉が渇いてんのよ」

翔太　「あっ、なにか飲みますか？」

幸子　「飲みますよ。喉が渇いてるって言ってるんだから。改めて聞く必要ある？　聞くなら、『〝なにを〟のみますか？』でしょ？　助詞の使い方がなってないのよ。あっ、それからお茶を飲みたい」

翔太　「はい、買ってきますね」

幸子　「待ちなさい（と、小銭入れを渡す）自分で払います。私に貸しを作ろうたって、そうはいかないから」

翔太　「はい、行ってきます」

37　黒島の病室・病室（夕）

病室に、黒島の両親や看護師が来て、体調の確認をしている。一同、泣き笑い。
二階堂、部屋の隅で遠慮がちにその光景を見ている。

二階堂　「…」

医師　「しばらくは安静にお願いいたします」

黒島父　「いろいろありがとうございました」
黒島母　「でもホンマによかった！」
黒島　「大丈夫やき心配せんといて」
黒島母　「そうやみんなで写真撮りましょう」

×　　×　　×

翔太　「どーやんより先に、どーやんの愛情が勝手に行動しちゃう感じ」

［回想　＃15　S26］

×　　×　　×

黒島母、写メを取ろうとカメラを構える。

黒島母　「ほら沙和笑って、笑って」
黒島　「えっ？　今？」
黒島母　「よかったら二階堂さんも一緒に写真撮りませんか？」
二階堂　「す…好きです！」
一同　「?.?.?.」
二階堂　「あのなにも話さなくても、傍にいるだけで楽しくて…」
黒島　「…（親の前だしそれ以上はシィーのポーズ）」
二階堂　「えっ？　あっ（シィーのポーズ）」

38　食肉加工場・外

佐野がアイスを食べながら出てくる。
キーンときて、顔をしかめつつ、去っていく。
入れ替わるように、作業員が入っていく。

39　幸子の施設・ロビー・自動販売機前

翔太が飲み物を買おうと預かった小銭入れを開く。
翔太「…？」
と、中にメモが入っていた。メモを開くと、【児嶋佳世】と書いている。

×　×　×

［回想　＃6　S26］
澄香「私が紙に書いたのは児島佳世さんなんです」

×　×　×

翔太「…！」

40　食肉加工場・冷凍倉庫

入ってきた作業員が荷物の搬出準備をしている。

大きな肉塊が大量にフックにつり下がっており、レールを動かしていく。

と、一つだけ形の違うなにかが作業員に向かってやってくる。

作業員「…？」

それは、片足のない佳世の死体だった。

佳世、〝世界一美しい死体〟のローラ・パーマーより美しく、そして微笑んで死んでいる。

作業員、悲鳴を上げて腰を抜かす。

41　キウンクエ蔵前・302号室（夜）

翔太が1人でホワイトボードを見ている。手には【児嶋佳世】の紙。テーブルにはスマホが、AI菜奈ちゃんが立ち上がった状態で置いてある。

翔太「オランウータンタイム」

菜奈（ＡＩ）「オランウータンタイム！」

翔太「おばあちゃんはゲームに参加してないから、この紙は美里さんが引いたものだという可能性が高くて…、児嶋さんが殺されたのは、美里さんが亡くなった後。つまり、美里さんが児嶋さんを殺したわけではない…」

表の、浮田、菜奈、赤池に印をつけながら、

翔太「浮田さん。菜奈ちゃん。赤池夫婦。児嶋さんを含め、この５人を殺した奴がいる。菜奈ちゃんはどう思う？」

菜奈（ＡＩ）「ブルだと思う」

翔太、一瞬驚くが、「どう思う？」と聞けばかならずそう答えるプログラムなんだろうと察して、苦笑い。

と、神谷から着信が。翔太、ボイスレコーダーのスイッチを入れ、携帯をスピーカーにして電話に出る。

翔太「なんですか？　急に会えなくなったとかなしですよ？」

42　夜の道

神谷が翔太に電話している。

神谷「逆です。予定より早く会えませんか？　奥さんを殺した犯人がわかったような気がするんです。それを早くお伝えしたくて。場所は変更なしで。お待ちしています」

神谷、電話を切る。

43　キウンクエ蔵前・302号室

翔太、動揺しながらボイスレコーダーのスイッチを切る。

慌てて、部屋を出ようとするが、起動したままのＡＩ菜奈ちゃんに、

翔太「信用して大丈夫かな？」

菜奈（ＡＩ）「自分を信じて。翔太君」

聞くとそう答えるとは察しつつ、的に刺さりっぱなしのダーツの矢を数本、ポケットに突っ込み、部屋を出る。

44　夜の道

走る翔太――。

45 夜の公園

翔太

翔太が神谷を探してキョロキョロしている。
と、少し先のベンチに座っている神谷を発見。
神谷、携帯を見ているような、考えごとをしているような姿勢。
翔太、近づいていく。
神谷、手のひらと腿に数本の五寸釘で打たれている。
「神谷さん！」
翔太、一瞬触れるが、動かしてはまずい状態だと、すぐ手を引っ込める。
しかし、神谷の身体はガクンとのけぞり、こめかみにも深く釘が刺さっている。
神谷は微笑んで死んでいた――。
つま先も靴の上から地面に打ち込まれている。
※後にアキレス腱も切られていることがわかる。
翔太が声にならない音を発した瞬間…

【下巻#16へ続く】

鈴間広枝プロデューサーインタヴュー

「あなたの番です」を振り返って

――後半がスタートした頃、鈴間さんはどのような感覚でしたか？

福原さんもおっしゃっていましたが、11話から13話くらいまでは殺人も起きないし、衝撃が足りないのではと不安でした。でも回を重ねるごとに少しずつ視聴率が上がってきて、ＳＮＳのフォロワーも増えて、「面白がり方が伝わって、皆さんが楽しんでくださるようになったな」とありがたかったですね。

――前半で主人公の一人である手塚菜奈が亡くなるという衝撃的な展開のあと、二階堂が新たな相棒になるという展開はどのように決まったのでしょうか？

途中から新たなキャストが入ったほうがいいよね、という考えは最初からありました。『あなたの番です』の撮影は2月末頃から始まったんですが、その途中加入の役がどういうキャラクターでいくべきかが見えはじめたのが1、2月。それから『初めて恋をした日に読む話』を後半まで観た上で、正式に横浜流星さんにオファーしました。だから、横浜さんは『あなたの番です』のオンエアを、1話から「この後半に自分が出るんだ」という思いで観てくださっていたんですよ。

——翔太と二階堂は次第に距離を近づけていきますが、その関係性の変化についてもあらかじめ決まっていたのですか？

徐々に近づこうという話はしていました。特に「ＡＩ菜奈ちゃん」を出すポイントは田中圭さんとすごく話し合いました。ちょうどＡＩ美空ひばりの新曲を作ってらっしゃった秋元康さんのアイディアで二階堂がプロファイリングにＡＩを駆使することは決まっていた。そこでＡＩを研究する大学の先生に話を聞きに行き、ＡＩが生前の動画やメールのやりとりなどの情報からしゃべることもできると知って、ＡＩ菜奈ちゃんを思いついたんですよ。ただ、翔太がいきなり「ＡＩ菜奈ちゃんを作って」とお願いするのはちょっと違和感がある。「どーやんとの友情が育ったうえでＡＩ菜奈ちゃんが登場して、そこで初めて菜奈ちゃんの声が聞こえたときにみんなが一緒に泣けるようにしたい」と圭さんがおっしゃって、そこは後半における私の大きな宿題でした。

——結果、ＡＩ菜奈ちゃんの登場する場面は、毎回とてもいいシーンになっていましたね。

そうですね。実は、翔太がＡＩ菜奈ちゃんの声を聞くシーンの撮影の時点では、原田知世さんに携帯で声を録音して送っていただいたものを使ったこともあったんです。ぶっちゃけ、この音源でそのまま行けるかも、と思ったんですが、どうしても知世さんに会いたくてわざわざ現場に来ていただいて録音し直してもらいました（笑）。圭さんもすごく喜ぶし、スタッフのテンションも上がる。後半もみんなの心に菜奈ちゃんがいたんです。

――田中圭さんは作品づくり自体にもかなり参加されていたんですね。

はい。圭さんは、10話で菜奈ちゃんが亡くなって主演が一人になってしまうというプレッシャーを実はすごく感じていたと思うんです。残り10話を自分が一人で引っ張っていかなくてはいけないと、すごく気合いを入れて臨んでくださっていました。特別編のバスケのシーンなんて、熱のある状態なのに全力で何本もシュートを打っていたんですよ。脚本を読んで、あのシーンは演じる上でここが難しいけど大事とか話したり、編集上がりのDVDを見てすごく的確な感想をくれたり、座長として本当に真剣に作品と向き合ってくださいました。

そこに後半になって流星くんが入ってきた。すでに10話分撮っている座組の中に途中から入ってくる後輩がいるということが、圭さんの心の支えになっていたみたいです。「自分もこれから頑張らなきゃいけないからお前も頑張ろうぜ」という感じで、プライベートでも二人はすごく仲良くなって。流星くんをご飯に連れていってあげたり家に呼んだりして、彼の相談にも乗ってあげていたようなんです。不安な後輩を支えることによって、主さんも頑張れていたんだと思います。

――その関係性が作品にもあらわれたわけですね。

そうですね。そもそも圭さんは、自分が撮られていないときにも、相手役がいい芝居をするために全力を尽くす人なんです。最終回で、泣けるかなと不安がっていた流星くんが涙を流した。翔太が二階堂のために一生懸命、黒島に対峙してくれた姿を見ていたら自然に泣けたそうです。これは圭さんが引き出したものと言えると思います。西野七瀬さんも、「それまでは自分がどう撮られているか、セリフを間違えずに言えるかをどうしても意識してしまっていたけれど、20話のクライマックスで初めて、頭が空っぽになって自分の言葉でセリフを発している状態になれた」と話していました。実際に〝女優さんとして覚醒する〟感じを私たちも間近で見てちょっと感動しました。これも、圭さんの力によるものだと思います。

——20話を通して、思い入れのあるシーンはどこですか？

いやー、選べないですね。たとえば後半のキーとなった、菜奈ちゃんの死ぬ前の動画。あの撮影のときの知世さんはすごかったです。「特別編」で流れた映像は、いったんあのシーンだけで撮影を終えているんです。その続きは、数か月後に改めて途中から撮っているんです。しばらく声でしか菜奈を演じていない状態で、いきなりテンションをトップギアに入れて演じなくてはいけない。そこを乗り越えてあんな演技をしていただけた。本当にありがたかったです。他にも、後半から出ていただいた田中哲司さんと生瀬勝久さんのシーンもすごかったですし、木村多江さんも「もっと髪ボサボサのほうが怖く映るんじゃない？」とかアイディアをくださって、数々の早苗さんの奇行を積極的に演じてくださったし、尾野ちゃんも幸子さんも、内山役の大内田悠平さんも頑張ってくださったし……。

選びきれない、本当に全員がＭＶＰです！

——改めて振り返って、「あなたの番です」は鈴間さんにとってどんな作品でしたか？

本当に幸せな作品でした。秋元康さんという発想の天才のアイディアをいただいて、福原さんという、登場人物全員をいきいき書いてくださる才能あふれる作家さんが20話全部の脚本を書いてくださって。それを才能のある役者さんが全力で演じてくださって、作品を面白いものにしていただいた。現場の雰囲気がずっとよかったんですよ。主演のお二人の明るさももちろんありつつ、2クールのドラマ自体、経験した人が少ないから「やってやろうぜ」という気概がキャスト・スタッフにあった。半年以上もあるのに、「疲れた」とか「もう嫌だ」という空気が蔓延することが一切なかった。きっとそれは、この作品を見てくださった皆さんがたくさん考察したり〝参加〟して、一緒に「あな番」を育ててくださったからだと思います。15話以降「あとこれだけしかないのか」って寂しかったくらい。こんな幸せなことはめったにないです。

——最後に、続編についてはどう考えていらっしゃいますか？

うーん……。作るならばちゃんと面白いものを作らなくては意味がない。ヒットしたので浮かれて作りました、って感じじゃない、皆さんに見ていただく価値のあるものができたら、ですかね。

脚本・福原充則による各話レヴュー

第11話

10話までの展開までは撮影前から決まっていましたが、11話からはあえて曖昧にしていた部分もあるので、具体的な脚本にするのに思ったより時間がかかった記憶があります。菜奈を亡くして心を閉ざした手塚翔太のもとに二階堂忍がやってきて、二人が一緒にいることで翔太がほぐれていく、ということは決まっていました。

サンダーソン正子は急遽《きゅうきょ》追加したキャラクターです。榎本総一を動かすためには、間を取り持つ人がいないと成立しないなと思って。とはいえ、あまり長いシーンを追加できないので、登場と同時にインパクトを残すために、サンダーソンという苗字にしました。

「宮崎アニメの主人公のように」というト書きは、ラピュタをイメージして書きました。ご飯をガッと食べると、強い人間力が感じられますから。ふざけたト書きですが、田中圭さんが見事に成立させてくれました。

考察を参考に展開を変えたのかと聞かれることがありますが、視聴者のみなさんの反響を取り入れるような余裕は、僕にはなかったです。ただ、「伝わっていないな」という部分は丁寧に描こうとは思っていました。どこかを削らなくてはいけない時に無意識のうちに、「受け入れられているキャラクターのセリフを残す」ということはあったかもしれません。例えば、尾野は結局事件と直接の関わりがある人ではないので、書きやすいんですよ。事件に関係ある人は「やってはいけないこと」がたくさんありますからね。尾野役の奈緒さんには書いた以上の芝居をしてもらっているなと思って観ていました。

第12話

11話以降、しばらく人が死ななかったので、それがかなり不安でした。10話までは、後半の前振りのために今は詳しく言えない、「書いている方としては意味があるけれど観ている人はどう思うんだろう」というシーンがあっても、最後に誰かが印象的に死ぬことで、「来週も見てみよう」と思ってもらえるかなと。そういう展開がなくなったので。

二階堂がＡＩで犯人を解析するというアイディアは、秋元康さんから出たものです。「まだ言えないけど、ＡＩってすごいんだよ」と。今思えば、（紅白歌合戦でも披露された）〝ＡＩ美空ひばり〟に関わっている最中だったんでしょうね。

そんな理系の二階堂が黒島沙和の頭の匂いを嗅ぐシーンは、「もっと理系っぽい理由で恋に落ちた方がいいんじゃないか？」という意見も出たんです。ただ、理系の人ももちろん本能的な何かに突き動かされる瞬間があるというか…、そもそも理系の人は、〝理屈ではない、世の中の不可思議なことを解き明かして、数式で表現しようとしている人種〟だと思っているので。二階堂も黒島もお互いの本能には忠実なんですよ。そういう理系に対する考え方が14話の宮沢賢治につながっていきます。

第13話

「吹き替えなしの横浜流星による、7回は巻き戻して見たくなるアクション！」というト書きは、どちらかというとスタッフさんに向けて書いたものです。アクションって撮るのに時間がかかるんです。現場も疲れてくる時期だろうし、撮影のスケジュールの都合でアクションのボリュームが小さくなるのは嫌だなあと思いまして。こうやって書いておくことで、役者さんもスタッフさんも「なるほど、やってやろうじゃないか」と思ってくれたら嬉しいなと。やっぱり作品を面白くするのは現場の人達のパワーですから。

「二階堂が現れた（ヒーロー感、濃いめで！）」というト書きも書きましたけど、あのシーン、カッコよかったですね。横浜さんの顔って、動物っぽいんですよね。イケメンの顔って時代によって流行が変わっていきますが、人としてじゃなくて、動物としてかっこいい顔はどの時代もかっこよく感じられます。横浜さんには豹のような強さと美しさがある顔だなって思って観ていました。

内山達生はこの回で登場しますが、黒島たちを見ていたときの顔、あれこそ役者がやる仕事だなと思いました。脚本に佇まいのことは何も書いていないですからね。

「トム・ハップ・ヌック・ズア」は……、このドラマを観てくれた人が、ベトナム料理を食べに行くたびに思い出してくれるんじゃないかと思って入れたものです。「作品をどこまで記憶に残してもらえるか」はよく考えるんですよ。〝物語として面白かった〟ということ以外でも、脳みそにこびりつけておきたいというか。そういうときに、ちょっと引っかかりのある言葉を入れておくんです。10年後くらいに、「トム・ハップ・ヌック・ズアといえば、昔観たドラマでさ～」「わたしも観た！」という男女の会話があって、それが縁で2人が結婚して子どもが生まれて、人生が紡がれていく…、なんてことまでけっこう真剣に考えたりするんですよ。

第14話

学食のシーンで、黒島がやたら食べるのは鈴間（広枝）プロデューサーからのリクエストだった記憶があります。黒島にはいっぱい食べていて欲しいと。それを受けて、「餃子をいっぺんに2つ箸で持って食べ始める」と書きました。

田宮君子が「しかるべきタイミングでのたれ死んでください」と言い放つシーンは、それを受けた淳一郎のリアクションが素晴らしかったですね。あれは台本に文字で書けないリアクションですから。〝台本の限界のその先〟を演じてもらえるのは嬉しいです。

12話の際に話した、〝文系と理系について〟がここでちらっと出てきます。黒島が総一に『宮沢賢治全集』の7巻を渡すシーン。あの、ちくま文庫版の全集の7巻には『銀河鉄道の夜』が収録されているんです。『銀河鉄道の夜』は何度か書き直されていて、今出版されている本には大体、一番最後に書かれた稿が使われている。けれども、ちくま文庫に載っているのは〝第三稿〟なんですよ。そこには、最終稿にはいないブルカニロ博士という人物が登場する。彼が「信仰を科学的に解釈することで、誰でも神様を感じられるようになる」という内容の話をするんです。これは、黒島から総一に対しての遠回しのメッセージなんです。〝信仰＝神〟という、誰かにとって何よりも大事で、また別の誰かにとっては全く理解できなかったりするものとは、黒島にとっては〝人を殺したいという、説明できない欲求〟ですから。それを理系の黒島なりに解明して、〝1＋1＝2〟くらいにシンプルに理解できるようにしたら、「誰もが殺人欲求を理解して、更に…」

との展開の第一歩として、総一を巻き込んでいける、という。「ただ、ちょっと理屈が過ぎるかな」と思って最終的には、本を貸しただけで終わりましたね。ネットで盛り上がっていた考察でも、僕が見た限り、「あの宮沢賢治、どうなった？」という意見はなかったので、そっと取り下げたといいますか。この件については、視聴者のみなさんの反応に影響された、とも言えますね。

第15話

〝ＡＩ菜奈ちゃん〟については、書きながら僕はどうやって視聴者のみなさんを納得させられるか想像もつかなかったんです。「ギャグにしかならないんじゃないか」とさえ思っていました。でも出来上がりを観たら、ＡＩ菜奈ちゃんと会話する翔太がすごく寂しくて。「役者さんってすごいなぁ」って思いました。

15話では久々に人が死ぬシーンと、死体が登場します。やっぱり、死体が出てくるのは楽しいですね（笑）。児嶋佳世の死体が出てくるときの「〝世界一美しい死体 ローラ・パーマー〟より美しく」というト書きは、佳世を演じる片岡礼子さんに向けたものです。彼女はこのシーンで、久しぶりに『あな番』の現場に来る。おそらくすでに他の仕事に入っていて、その合間に死体として登場するためだけにいらっしゃることになりますよね。その時にただ死んでいるだけではなくて、「美しい死体を演じなくては」と思ってもらえたら、わざわざ来るモチベーションが高まるんじゃないかと。今思えば…そんなこと書かなくても、ちゃんと気持ち作って来てくださいますよね。逆に失礼なト書きだったかもしれません（笑）

15話で神谷刑事が死ぬシーンは、久々の殺人だから派手にしたかった。「足が埋まったまま死んでいる」「振り返ったら死んでいる」とかいろいろな死に方、発見方法を話し合いました。僕、じつは怖いのがすごく苦手なんですよ。だから人が死ぬシーンはファミレスとか、周りに人がいる場所で書くようにしていたくらい。ただ、特殊メイクはすごく好きなんです。

自分で自分の体に特殊メイクをほどこして殺される役を演じる、大御所の特殊メイクアップアーティストであるトム・サヴィーニも大好きで。だから地上波でこれをやれたのは嬉しかった。ト書きでは五寸釘なんです。コンプレッサーで打ち込む釘打機のイメージで書いたんですけど、現場の判断でビスになりました。どちらにしろ、〝嫌な死に方〟で楽しかったです（笑）

あなたの番です

キャスト

田中 圭 原田知世
西野七瀬　横浜流星　浅香航大　奈緒　山田真歩
三倉佳奈　大友花恋　金澤美穂　坪倉由幸(我が家)
中尾暢樹　小池亮介　井阪郁巳　荒木飛羽　前原 滉

袴田吉彦　片桐 仁　真飛 聖　和田聰宏
野間口徹　林 泰文　片岡礼子　皆川猿時

田中哲司　徳井 優　田中要次　長野里美
阪田マサノブ　大方斐紗子　峯村リエ

竹中直人　安藤政信

木村多江　生瀬勝久

＊

スタッフ

企画・原案：秋元 康
脚本：福原充則
音楽：林ゆうき　橘 麻美
チーフプロデューサー：池田健司
プロデューサー：鈴間広枝　松山雅則(トータルメディアコミュニケーション)
演出：佐久間紀佳　小室直子　中茎 強(AXON)　内田秀実
制作協力：トータルメディアコミュニケーション
製作著作：日本テレビ

「あなたの番です」は日本テレビ系で2019年4月14日から9月8日まで毎週日曜の22時30分〜23時25分に放映されていました。現在は、huluにて独占配信中です。

秋元 康

あきもと・やすし

1958年、東京生まれ。作詞家。東京藝術大学客員教授。高校時代から放送作家として頭角を現し、『ザ・ベストテン』など数々の番組構成を手がける。1983年以降、作詞家として、美空ひばり『川の流れのように』をはじめ、AKB48『恋するフォーチュンクッキー』、乃木坂46『シンクロニシティ』や欅坂46『黒い羊』など数多くのヒット曲を生む。2008年日本作詩大賞、2012年日本レコード大賞"作詩賞"、2013年アニー賞：長編アニメ部門"音楽賞"を受賞。2019年、《AI美空ひばり》のために作詞した『あれから』は多くの人々の感動を呼ぶ。

テレビドラマ・映画・CMやゲームの企画など、幅広いジャンルでも活躍。企画・原作の映画『着信アリ』はハリウッドリメイクされ、2008年1月『One Missed Call』としてアメリカで公開。2012年には『象の背中』(原作)が韓国JTBCでテレビドラマ化されている。2017年10月、『狂おしき真夏の一日』でオペラ初演出。2019年、企画・原案の日曜ドラマ『あなたの番です』(NTV系列)はSNSで高い注目を集め、最終回には同枠最高視聴率を記録。2020年1月、自身初となる作・演出の歌舞伎公演(市川海老蔵出演)が開幕。

福原充則

ふくはら・みつのり

1975年、神奈川県生まれ。脚本・演出家。2002年にピチチ5(クインテット)を旗揚げ。その後、ニッポンの河川、ベッド&メイキングスなど複数のユニットを立ち上げ、幅広い活動を展開。深い人間洞察を笑いのオブラートに包んで表現するのが特徴。2018年、『あたらしいエクスプロージョン』で第62回岸田國士戯曲賞を受賞。舞台代表作に、『その夜明け、嘘。(宮崎あおい主演)』、『サボテンとバントライン(要 潤主演)』、『俺節(安田章大主演)』、『忘れてもらえないの歌(安田章大主演)』、『七転抜刀！ 戸塚宿』(明石家さんま主演)などがある。また、『墓場、女子高生』は、高校演劇での上演希望も数多く、全国各地で上演が繰り返されている。近年の活躍はテレビから映画まで多岐に渡り、テレビドラマの脚本では、『占い師 天尽』(CBC)、『おふこうさん』(NHK)、『視覚探偵 日暮旅人』(NTV)、『極道めし』(BSジャパン)、24時間テレビ ドラマスペシャル『ヒーローを作った男 石ノ森章太郎物語』(NTV)他多数、映画では『琉神マブヤー THE MOVIE 七つのマブイ』、『血まみれスケバンチェーンソー』などがある。2015年『愛を語れば変態ですか』では映画監督としてもデビューした。(http://www.knocks-inc.com/)

あなたの番です 反撃編
シナリオブック 上

2020年2月4日　第1刷発行

著者
秋元 康　福原充則

発行者
土井尚道

発行所
株式会社飛鳥新社
〒101-0003 東京都千代田区一ツ橋2-4-3光文恒産ビル
電話03-3263-7770(営業)／03-3263-7773(編集)
http://www.asukashinsha.co.jp

印刷・製本
中央精版印刷株式会社

ブックデザイン
鈴木成一デザイン室

DTP
アド・クレール

編集協力
恒吉竹成(ノックス)

編集担当
内田 威

ライター
釣木文恵

出版プロデューサー
将口真明　飯田和弘(日本テレビ)

 ISBN978-4-86410-734-1